記憶のとびら

『庭のソクラテス』その後
父 加藤克巳の周辺

長澤洋子

角川書店

記憶のとびら

『庭のソクラテス』その後　父 加藤克巳の周辺

長澤洋子

角川書店

まえがき

幼少期の父の思い出や出来事、昭和三十年代の時代風景など、記憶をたどりながら書いた小さな本『庭のソクラテス――記憶の中の父　加藤克巳』（短歌研究社）を、二〇一八（平成三十）年に上梓しました。

私個人にとっては仕事の定年を迎え、公私ともにひと区切りしたリセットの時期であり、すでに数年前に亡くなっていた父の記憶を忘れないうちに記録しておくことで気持ちの整理にもなりました。思い返すとそれはちょうど「踊り場」のような時間だったのだと思います。次にやってくる未体験の季節がどんなものなのかまだ見えていません。

そんな心持ちでいたころ、今度は思いがけない新しい扉が開かれたのでした。拙著をお読みくださったさまざまな方面の方から意外なお便りが届きはじめたのです。それは、加藤克巳を媒介とした驚くようなつながりであったり、知らない方からの予想外の感想であったり、また短歌関係の雑誌には僭越《せんえつ》ながらいくつか書評を書いていただいたりしました。

そしてまた、父の話とは無関係に、昭和という時代を共有する方たちからの共感のお言葉やお手紙もいただきました。それは、読みながら自分の親を思い出した、同じものを食べていた、自分が育った家の玄関とそっくりだ、家の間取りが似ている、といった話でした。おそらく私と近い時代に育った人であればいくぶんかは、そうでない人でも少しずつ、平凡な家庭生活の中に自分に似ている部分があったに違いありません。私にとっては、そんな風に読んでいただけたのは嬉《うれ》しい驚きでした。

『庭のソクラテス』は半世紀以上も前の記憶の物語でした。それは、子どもの目の高さで見た小さな記憶を、記録にとどめておこうという試みでもありました。ところがこの本は、懐かしい過去から反転して未来の新しいページを開いてくれたのでした。

そんな時に、『庭のソクラテス』を連載していた短歌誌「熾《おき》」の代表である歌人の沖ななもさんから、続編を書いてみませんかと声をかけていただきました。こんないきさつから、続編もどきの連載を始めることになったのです。

話が前後しますが、前作の経験から、短歌の世界も加藤克巳という昔の歌人もご存じない読者のために、この本の基礎情報を簡単に書いておきたいと思います。ご存じの方は飛ばしてください。

私の父である加藤克巳は、伝統をふまえながらシュルレアリスムなどの影響を色濃く受けた革新の道を歩み、「抽象の歌人」と呼ばれた歌人でした。一九一五（大正四）年、京都府綾部《あやべ》市で生まれました。父親の仕事の関係で北は青森から南は四国の宇和島《うわじま》まで、全国を八回転校したのち、旧制浦和中学のころ、数え年十五歳で短歌に出会います。折口信夫《おりくちしのぶ》（釈迢空《しやくちようくう》）の歌に憧《あこが》れたこの文学青年は、國學院大學にて折口、武田祐吉らの薫陶を受けることになります。その頃の國學院大學は折口信夫、武田祐吉ほか、金田一京助、柳田國男といった綺羅星のごとき国文学系の学者が集まっていたのです。その後、学生時代に新芸術派短歌運動に加わり、一九三五（昭和十）年、「短歌精神」創刊に参加。一九三七年、二十二歳の時、第一歌集『螺旋《らせん》階段』を刊行し、新進歌人としてデビューします。

　太平洋戦争をはさんで終戦直後の一九四六年、いずれも三十代の新鋭歌人、近藤芳美《よしみ》、宮柊二《しゆうじ》、大野誠夫《のぶお》らと「新歌人集団」を結成し、戦後歌壇に新風を送りました。同年、大野誠夫、常見千香夫《つねみちかお》らと歌誌「鶏苑《けいおん》」を創刊。一九五三年、「近代」を創刊、主宰。一九六三年、「近代」を「個性」に改称。一九七〇年、第四歌集『球体』により第四回迢空賞受賞。一九八六年、『加藤克巳全歌集』により第九回現代短歌大賞受賞。現代歌人協会理事長、宮中歌会始召人《うたかいはじめめしうど》などを務め、二〇一〇（平成二十二）年、九十四歳で永眠するまで日々歌を詠み続けました。

　その生涯を年表に載せると、本人がよく言っていたように、第一次世界大戦開戦の翌年の一九一五年に生まれ、大正初期から昭和を通り抜けて平成に至り、二〇一〇年、東日本大震災の前年までの九十四年間、百年に少し足りないもののおよそ一世紀を生きたことになります。そのうち昭和初期の十五歳から八十年間を歌人として過ごしました。歌集二十冊のほか、評論集、随筆集に『意志と美』、『邂逅の美学』、『新歌人集団』、『鑑賞　釈迢空の秀歌』、『時はおやみなく』など多数。ざっとこんな経歴の人でした。

しかしながら、この本は続編とは名ばかりで、ときおり、いやかなりの場合ダイナミックに脱線していることを最初からお断りしておかなければなりません。父について記憶していることとの多くは前著ですでに書きました。ですから今回は、前回書き忘れたこと、その後思い出したこと、聞いたり読んだりしてわかってきたことも書きましたが、加えて記憶から出発して私が考えたこと連想したことや読んだ本、見た美術展についても書いています。そのため、網をかなり遠くまで広げる結果になりました。

もちろん、生物学的にＤＮＡを受け継いでいる娘である私が書いているので、意図せずとも直接あるいは間接的に加藤克巳の影は見えかくれするには違いありません。が、脱線した後に全く別の線路を走っていることもあるかもしれません。それはあらかじめご容赦いただきたいと思います。

各章は、Ⅰ父の周辺・芸術、Ⅱもうひとつの昭和、Ⅲ記憶の風景から、Ⅳ終章、としましたが、どこから読んでも、どこかだけをつまみ読みしても、斜め読みでも飛ばし読みでも、お好きなようにお読みいただけるように構成したつもりです。話がいったいどんなところにたどり着くのかは筆者にもわからない、いわばミステリー・トレインに乗っていると思っていただけると気が楽です。

それでは、『庭のソクラテス』の、その後の出来事をご紹介することから始めてみたいと思います。

目次

II　もうひとつの昭和

Ⅲ　記憶の風景から

カバー装画　佐伯祐三「黄色いレストラン」
（大阪中之島美術館所蔵）
画像提供　大阪中之島美術館 DNPartcom
装幀・DTP　南　一夫

I　父の周辺・芸術

奇遇

二〇一八年のある日、ドイツ文学者の檜山哲彦さんに、私の定年退職のご挨拶とともに茶封筒に入れた拙著『庭のソクラテス』をお渡しした。檜山さんは俳人で、結社「りいの」を主宰されているので、歌人の父には何かしらの関心はおありになるかもしれないと思ったからだった。それは横浜の職場でのことだった。

檜山さんにはドイツ詩やウィーン、ユダヤ文化についての企画で何度かお世話になっていた。私はこうした、主に人文系の研究者、学者を中心に作家、文化人などの講座や講演、対談、シンポジウム、時にはコンサートなどを企画プロデュースすることを長年の仕事としてきた。その時は、シリーズ「境界線の都市」という、都市と異文化接触をテーマとするオムニバス企画の最中だった。いくつかの都市の中の「ウィーン」の回で、檜山さんにユダヤ人や他民族の交錯する世紀末から二十世紀初頭ウィーンに花開いた文学や文化について話していただいたのだった。

内容について打ち合わせている時の雑談で、一九八九年にセゾン美術館で開かれた「ウィーン世紀末」展のカタログの話になった。セゾンは私が若い頃に勤めていた会社でもある。そのカタログでは、クリムトやエゴン・シーレやウィーン工房についてのいくつかのドイツ語論文を、若い頃の檜山さんが翻訳されていた。そのカタログを私が持っていたことで檜山さんは大変懐かしそうな嬉しそうな顔をされ、「いろいろなご縁がありますね」という話をして、その後そのまま帰られた。それから三十分余り経った頃だろうか、ご本人から職場の私宛に電話がかかってきた。

「今、東京駅で電車を降りて電話してます。長澤さんって、加藤克巳さんのお嬢さんだったんですか?」

「はぁ……そうですが……?」

つまりこういう話であった。横浜駅で電車に乗って茶封筒から本を取り出して仰天した。すぐさまざっと読んで、今、東京駅で降りて電話をかけている。実は、檜山さんのお義母《かあ》さまが父が主宰していた短歌結社「個性」の会員で、加藤克巳宅つまり私の実家によく通っていた。当時檜山さんはお義母さまに連れられて歌会に参加し、「加藤克巳さんに講評してもらった」こともあった。ここまで檜山さんはいっきに話された。つまり、檜山さんは「個性」会員である岩渕さんのお嬢さんと結婚されていたのだった。

仰天したのは、今度は私の方だった。このお義母さまとは、私もよく存じ上げている、古くからの「個性」会員の故岩渕綾子さん、ペンネーム北川朋子さんのことだった。岩渕さんは、長らく「個性」の印刷を一手に引き受けていた浦和にある関東図書の社長でもあった。さらに、その当時住んでいた檜山さんのお宅の表札は加藤克巳筆だという。岩渕さんが「加藤先生に頼んであげる」と言い、頼まれた父が毛筆で書き下ろした。一九七五、六年頃のことである。檜山さんは今でもこの表札を大切に持っておられた。後に見せていただくと、木の表札にたっぷりとした墨で書かれた丸みのある特徴的な字は、まさしく父のものだった。

檜山さんは現在都内にお住まいなので、私の頭の中では檜山さんと浦和、ましてや岩渕綾子さんや父とは全く結びついていなかった。まさに奇遇である。

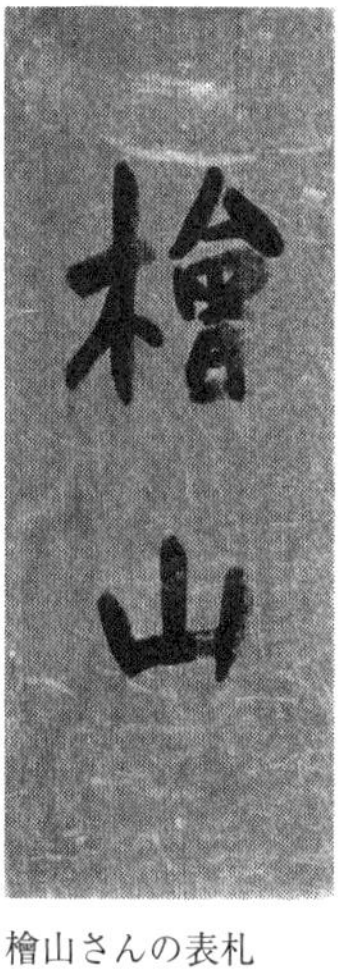

檜山さんの表札

死者は元気に死んでいる

そんなことがあって後、檜山さんは父が「ソクラテスの首」と命名した実家の庭石はロダンの彫刻「鼻のつぶれた男」から連想したのではないか、と指摘された。檜山さんの俳句の師である沢木欣一さんの書斎にそのロダンのレプリカがあり、庭石の写真に大変よく似ているのだという。実はこのレプリカは、父と深い親交があった俳人で国文学者、そして角川書店創業者である角川源義《げんよし》さんから沢木欣一さんに贈られたものだという。もっとも、ロダン自身は「ソクラテス」とは言っていないので、父が自分でソクラテスに見立てたのだろうか。

こうして檜山さんと私は不思議な縁でつながった。岩渕綾子さんがその昔、当時ドイツ文学者の卵で後に俳人として「りいの」を主宰する義息子《むすこ》さんを加藤克巳に引き合わせた。私と檜山さんは、加藤克巳のことを書いた『庭のソクラテス』によってつながった。

さらに想像を広げれば、庭石の「ソクラテスの首」の命名は、もしかしたら父が角川源義さんの持っていたロダンのレプリカから連想し、名づけたのかもしれない。角川源義さんには代表句集『ロダンの首』があり、ロダンは源義さんにとって特別な存在だったと思われる。その後、角川源義さんから沢木欣一さんに渡ったロダンのレプリカを沢木さんの書斎で檜山さんが見た。と、どこか地下水脈でつながっているような気もしてくる。偶然の仕業で誰かと誰かが出会い、その出会いが次の出会いを生み出し、さらに最後には円環となっていく。

このことをさして檜山さんは「死者は元気に死んでいる」と、面白い言い方をされた。死者は生者の心の中で生きている限り、こうして人と人を結び付け、つないでいく仕事をし続けているというのだった。

国語の授業

『庭のソクラテス』はもうひとつ、思いがけない話を運んできてくれた。南アジア史の研究者で当時東大教授の中里成章《なりあき》さんから、意外で大変興味深い話をうかがった。

　私は中里さんには仕事上のいくつかの企画で何度かお世話になっていた。その中には、ご著書『パル判事――インド・ナショナリズムと東京裁判』（岩波新書　二〇一一年）に関連した太平洋戦争の終戦にまつわる内容の企画などもあった。父のことは、拙著をお送りするまで中里さんはまったくご存じなかった。というか、私自身、短歌に関係のない方にわざわざ父親の話をする機会もないので、ごく一部の方以外、職場を含めてほとんどの人が、長澤の父が歌人の加藤克巳であることを知らなかった。

　中里さんはそのひょうひょうとしたお人柄から、何となく私の本を面白がってくださるのではないかという漠然とした気持ちはあったが、読んでくださるかどうかはわからないと思っていた。ところが本をお送りしてほどなく、ていねいな封書が届いた。

　まず中里さんは、斎藤茂吉を読んだことがある程度で短歌や歌壇には疎いことをことわった上で、にもかかわらず、区立中学校時代の国語の授業で初めて聞いた折口信夫《おりくちしのぶ》の話をまざまざと思い出す、と書かれている。

三年間授業を受けた国語の先生は、髪をポニーテールに結んだ小柄で元気な方だった。中里さんのお母さまは、「牛若丸みたいだね」と言った。

この国語の先生の授業はいっさい手抜きというものがなく、折口信夫がどんなに優れた学者であり歌人であるかをこんこんと説いた。そして、中学生を相手に「まれびと」や「貴種流離譚《きしゆりゆうりたん》」について手ほどきをした。折口信夫は偉い学者だけれど君たちには少し難しいから、といって先生が推薦したのが『死者の書』だった。あわせて推薦された柳田國男の『妹の力』と『木綿以前の事』の文庫本を、中里さんは早速買い求めて読んでみた。難しかったが何となく大人になったような気がした。

中里さんはその後、高校を経て大学生になってから、当時評判の評論『鬼の研究』（一九七一年）を読んだ時、そこに中学校の国語の先生が話してくれた挿話がところどころ出てくることに気づいた。オヤっと思って調べて、その時初めて、あの時の国語の岩田暁子《あきこ》先生が、高名な歌人の馬場あき子さんであったことを知った。

中里さんは思い出している。

岩田暁子先生の読書指導は本格的で、中学一年の時には、西洋の文化を理解するには旧約聖書とギリシア・ローマ神話を読んでおかなければならないと言った。中学二年の夏休みの読書感想文の課題図書リストには、メルヴィルの『白鯨』がはいっていた。中里さんは映画化されているという理由でこの長大な小説を選んだ。読むのにはなかなか難儀したが、今思いかえすと、十四歳で読んでおいてやはり良かったと思う。

岩田先生は、ひとりの作家の全集を最初から最後まで通して読むようにと熱心に勧めた。先生は作文指導にも熱心で、良いと思う文章を脇において書き写してみなさい、と言った。また、能を習っていた先生はある時生徒たちに、お披露目の会にいらっしゃいと声をかけてくれた。友だちと連れ立って喜多能楽堂に岩田先生の初舞台を見に行った中里さんは、この時初めて見た能に強い印象を受けた。その経験が、後に高校で「高校生のための能楽教室」に参加してみることにつながった。ここでは土岐《とき》善磨《ぜんまろ》の解説、喜多實、友枝《ともえだ》喜久夫《きくお》、櫻間道雄、狂言では野村万蔵、山本東次郎など、当代を代表する名人の舞台を鑑賞した。

中学生相手にこのハイレベルで濃密な指導を行う岩田暁子先生の姿は、その熱意においても迫力においても、まさしく「歌人馬場あき子」その人である。さらに、この優れた師の教えがどんなに贅沢なものであるかを正しく認識し、真正面から受け止めた一男子中学生の知性と豊かな感受性にも驚かされる。投げ手がいかに良いボールを投げても、受ける側にそれをキャッチする能力やセンスがなければ受け取れない。

私が中学校で三年間指導を受けた国語のD先生も大変熱心な方で、私たちに優れた本をたくさん紹介してくれた。また、授業では徹底的に文章を書かせた。新しい単元にはいる時は予習をせず、まず初読で思ったことを自由に書く。その単元の授業が終わると、今度は分析後に考えたことを書く。夏休みの宿題は芥川龍之介について原稿用紙五十枚の論文を書くことだった。生まれて初めての長文執筆については、私は内容のことより、汗をかきながらただひたすら白いマス目を埋めるのに必死だったことだけが記憶に残っている。

この夏の「筋トレ」をなんとか乗り越えた私が、少なくともその後の人生でとりあえず原稿用紙を前にすることだけは怖くなくなったのは、D先生のおかげだと心から感謝している。しかし、私の場合は投げられた球を取りこぼしながらなんとか拾うのがやっとという程度だったと思う。

中里さんは、岩田先生の投げたストレートの速球をしっかり胸の前でキャッチした優れた受け手であったばかりか、別の球種で投げ返すことで、先生の熱意に応えた。文字通り手抜きの一切ない真剣勝負を挑んでくる牛若丸の剣を、全身で受け止めた中学生の身体の中にまかれた種は静かに熟成し、優れた南アジア史研究として大きく実った。そう考えると、知というものの鎖の輪がつながっていく絵が、目の前に浮かんでくるようだ。

中里さんはお手紙の後半で、研究調査でインパールに行ったこともあり、また、長大なレド公路をドライブしたこともある、と書いている。レド公路とは、インドのアッサム州レドから中国雲南省までを結ぶ長い輸送道路のことである。第二次大戦中日本軍がビルマを占領し、中国への輸送ルートであったビルマ公路が遮断された。その代わりに、アメリカとイギリスが中華民国への軍需物資を送るためのいわゆる「援蔣《えんしょう》ルート」として建設したのがレド公路だった。

お手紙の最後は、父の詠んだ次の歌を反戦鎮魂歌の秀作として胸に刻みたい、と結ばれていた。

『月は皎《しろ》く砕けて』

インパール・ホーライキョウの泥濘のほのじろき骨は弟である

大きな字で書くこと

中里さんが中学生の時に岩田暁子先生、後の馬場あき子さんの薫陶を受けた話は、私に別の連想を呼びさました。

二〇一九年に急逝した文芸評論家の加藤典洋さんの遺作となったエッセイ集『大きな字で書くこと』（岩波書店　二〇一九年）を読んだ。

大人になって、どんどん小さな字で難しいことを書くようになってしまった。七十歳を前にしてもう一度、子どものころと同じ大きな字でものごととつきあってみようと思った、と書き出している。自分の身体から出たことばを大きな字で書いてみること、大切なことはそちらにある。

考えるということの原質は、まずエンピツを手にもってザラ紙に意味のない模様を書きなぐることなのではないか。そしてそこから湧いてくる感情と出会うことなのではないか。だからそれは生きることと根でつながっている。

自転車で上り坂にかかると、ギアを一つ落とす。スピードは出ないがほどほどの力で上ることができる。それは一つの退歩だが、そうであることで私たちを新しい場所に連れ出してくれる。

詩人でもある加藤典洋さんの言葉はリズムが美しく、まるで散文詩を読んでいるようだ。加藤典洋さんの講演やシンポジウムを聞きに行ったのが何回か、仕事でお目にかかってお話をうかがったのが何回かだったと思う。著作の内容や思想についてと言うより、感性の軸足にブレがない、在り方として尊敬できる方だと思った。たたずまいや訥々《とつとつ》とした語り口から滲《にじ》み出るお人柄、自分を正確な大きさでとらえることのできる稀有《けう》な人、言葉を本当に信じている人。そんなことがこの一冊には詰まっている。

この中に、印象に残る、私の好きなエピソードがある。こんな話だ。

仏文科の学生だったころのこと。七、八人の仏作文特殊講義でフランス人の女性講師が、好きな日本文学の短編をフランス語訳してフランス語で発表する課題を与えた。加藤典洋さんは、梶井基次郎の短編を選んで発表した。「塊」と「魂」を今まで読み違えていた事にその時気づいた。

ある日、一年間のフランス留学から帰ってきた学生が手をあげて、日常会話もまともに話せない学生に文学を訳させたどたどしいフランス語で発表させるより、もっと役に立つ実質的なフランス語会話の授業をやったらどうか、と先生に提案した。

先生は穏やかに、

「ではあなたは親しい友だちが亡くなった時、フランス語で何と挨拶しますか?」と質問した。この学生が答えにつまると、先生はこう言った。

「こういう時に言うフランス語は存在しません。人はこんな時、自分の思いを手本の無い言葉で話すしかないのです。ここは大学ですから、会話の授業はやりませんよ」

この時、加藤典洋さんは、これからも出来るだけフランス語の近くにいたいと強く思った。


このエピソードには、胸の底に静かに落ちていく小さな石のような感触がある。中里さんが中学校の国語の授業で岩田暁子先生から受け取ったものと近い感触だ。知識や理屈ではない、形にはならないけれど「熱」のようなものをドンと投げられ、それを身体で受け止めた感じとでも言えばよいだろうか。

国語教師だった岩田暁子先生が切れ味鋭く中学生に投げ込んだ「熱」は、しっかり中里さんによって受け止められた。同じく、このフランス人の先生が、穏やかに、しかしど真ん中に投げた「熱」を、加藤典洋さんが胸の芯で静かに受け止めた。人に何かを伝えるということの真理が、このあたりにあるように思える。

父は毎月一回日曜日、自宅の客間で勉強会と呼ぶ短歌指導の会を開いていた。十人ほどいる部屋からは笑い声が絶えなかった。しかし、父は冗談や軽口をたたいていたばかりではないだろう。冗談の合間に、見えない「熱」のようなものをこっそり投げていたのではないだろうか、といま想像する。

加藤典洋さんはまた、こんなことを書いている。

自分の中に二つの場所をもつことの大切さ。もうひとりの自分を飼うこと。それがどんづまりのなかでも、自分の中の感情の対流、対話の場を生み、考えることを可能にする。

加藤典洋さんは、『敗戦後論』（講談社　一九九七年）で二百を超える批判を受けたが、自説を改めようと思わなかった。堅持した。これは自分が生きることの一部に過ぎない。窓の外にはチョウチョが飛んでいる。親子が公園を歩いている。もっと大事なことは、そちらにある、という感覚が、つねに脳裏をはなれなかった、ということである。

この話は、父が自分の中に歌と実業という「二つの場所」を持っていたこと、「もう一人の自分」を飼っていたことを思い出させた。

ロダンと大正期の青年

話はもどるが、ドイツ文学者で俳人の檜山哲彦さんの推理した、庭石「ソクラテスの首」とロダンのレプリカの謎解きをもう一度整理してみる。

父が自宅の庭石に「ソクラテスの首」と名付けたのは、実はロダンの「鼻のつぶれた男」からの連想ではないか、というのが檜山さんの見立てだった。檜山さんは、「ソクラテスの首」の写真を見てすぐ、ご自身の俳句の師沢木欣一さんの書斎で見たロダンの「鼻のつぶれた男」のレプリカに似ていると思った。このレプリカは、沢木さんが友人の俳人角川源義さんから譲り受けたものだった。角川源義さんは俳人で国文学者であり、角川書店の創業者である。また、父とは学生時代の先輩後輩の関係にあり、深い親交のある友人でもあった。そして、句集『ロダンの首』に次の代表句といえる作品を発表されている。

ロダンの首泰山木《たいさんぼく》は花得たり

つまり、以下の推理が成り立つのかもしれない。父は、沢木さんの手に渡る前に角川邸の書斎でロダンの「鼻のつぶれた男」のレプリカを見ていたのではないか。そして、自宅の庭石の形状が件のレプリカに似ていることに気づいた。しかし命名の際にロダンではなく「ソクラテス」としたのは、父の独創かもしれない。

ロダンのレプリカ譲渡の流れと、庭石「ソクラテスの首」の命名という二つの話の関係は想像の域を全く出ていないので、真相は藪の中だ。もちろん本人に聞いてみることもできない。いずれにせよこんな空想、謎解きの延長から、私はロダンの「鼻のつぶれた男」をどうしても見たくなった。そこで、パリに行った機会にロダン美術館を訪れることにした。

パリのセーヌ河左岸。苔むした石積みの塀に囲まれた十八世紀の貴族の館がロダン美術館である。緑豊かな庭園と瀟洒な館にはロダンの代表作のほとんどが収められている。詩人リルケの紹介でこの館を知ったロダンはことのほかここが気にいり、晩年はアトリエとして制作に没頭する。国がこの領地を買いとることになった際、ロダンは「全作品とコレクションを寄贈する代わりにこの館を私の美術館にしてほしい」と提案し、ロダン没後、美術館が誕生したという。

ところで、日本におけるロダンの受容は、雑誌「白樺《しらかば》」に負うところが大きい。一九一〇（明治四十三）年の「ロダン号」から一九一八（大正七）年「ロダン追悼号」まで、集中的な紹介が続く。数々の代表作の写真を掲載し、高村光太郎、有島武郎、永井荷風、柳宗悦《むねよし》らが作品論を寄稿。特に詩人で彫刻家の高村は深く心酔する。明治末から大正期の日本の芸術青年や文学青年にとって、内的生命の表現者であるロダンは極めて大きな影響力を持った。彼らはロダンの、感情や情熱や苦悩といった内面を具体的な形に昇華する表現力に心を奪われた。

大正四年生まれの父の前後、大正ひと桁《けた》生まれの世代は戦前にヨーロッパから押し寄せてきたモダニズムの洗礼を全身に浴びている。当然ロダンにも触れている。

父は昭和二十八年の折口信夫追悼文「折口先生の逝去を悼んで　学問と文学の泉」の中でこんなことを書いている。

「昭和八年だから丁度二十年前の先生にはじめて教えをうけ、在学中五ヶ年間殆ど先生の講義に欠席したことなく、毎木曜日行われた課外の「郷土研究会」にも、欠かさず出席して先生の特異にして卓抜な講義を聞いた。それほどぼくにとって先生の講義はおもしろかった。当時国学院きっての生意気だったぼく、つまりランボオだのアポリネールだのマラルメだのとばかり言っていた頃のぼくが、学部へ入って、フランス語が随意課目だった、そのフランス語を学びたかったのは当然だったが、運悪く毎年先生の文学史の時間と

かち合ったため、卒業する迄とうとうフランス語を放棄して文学史をききつづけたものである。」（原文ママ）

（「短歌」昭和28・11、『加藤克巳著作選3　加藤克巳批評集成』沖積舎　一九九五年収録）

折口信夫の講義を目指して一直線に大学にはいった生真面目な国文科の学生でありながら、一方でモダニズム芸術を信奉するヨーロッパ志向の文学青年の横顔がよく伝わってくる。私は遠い子どものころ、父の口からランボオやアポリネール、マラルメの名前を聞いていたのを覚えている。それなのになぜ、大学でフランス語ではなくドイツ語を選択したのだろうと不思議に思っていたが、こういう理由があったのだった。

ところでこの世代、つまり大正ひと桁生まれには「人たらし」が多いというのは、檜山哲彦さんの説である。ざっとあげても、次のような名前が並ぶ。

歌人　宮柊二《しゅうじ》（大正元年）、近藤芳美《よしみ》（大正二年）、高安国世《くによ》（大正二年）、大野誠夫《のぶお》（大正三年）、前田透（大正三年）。

俳人　角川源義（大正六年）、金子兜太《とうた》（大正八年）、沢木欣一（大正八年）、飯田龍太（大正九年）。

このほか彫刻家の佐藤忠良《ちゅうりょう》（大正元年）、小説家の小島信夫（大正四年）などもいる。直接知っているわけでなくとも、「人たらし」ぶりは、何となくわかるような気がしてくる名前である。

彼らはいずれも西洋の新しき精神、エスプリ・ヌーボーに憧《あこが》れ、直接身体に浴びることのできるゆとりのある時代、いわゆる戦間期に青年期を過ごしている。その後は戦争の辛苦をまともに受けた世代でもあるが、青年期に出来あがった、根っこにある楽天性や人懐っこさはぬぐいようもなく背骨の髄に浸みこんでいる。

さて、ロダン美術館までわざわざ行って「鼻のつぶれた男」を直接見た私の感想である。確かに実家にあった庭石の「ソクラテスの首」に形状はいくぶんか似ていた。ロダンからの連想だと言われれば、そうなのかもしれない。しかし、本人にロダンの作品からの連想があったかと言えば、私はそうではないと思った。ロダンから発想を得たのにあえて「ソクラテス」と名づけたというより、「ソクラテス」の命名は直接、歴史の時間の象徴として使われているのだと思う。この石を詠《うた》った次の歌がある。「脳髄重く」「上反《うわそ》り顎」が庭石の形の具象であることに着目したい。

〈石の歴史〉

ソクラテスの首と名づけてあしたゆうべわれに戦後を一つ石あり

脳髄重く上反《うわそ》り顎のソクラテス石は石にして　人間の歴史

『石は抒情す』

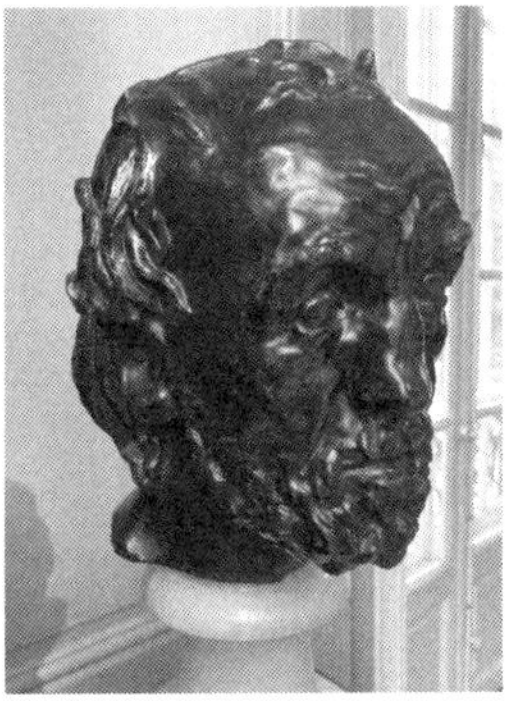

ロダンの彫刻
「鼻のつぶれた男」

実家にあった庭石の
「ソクラテスの首」

「石の歌人」と言われた父が彫刻に関心が無いわけはない。しかし、よく考えると加藤克巳の作品にはルドンをはじめモジリアニ、エルンスト、ダリ、キリコ、ピカソなど多くの画家がいるし彫刻家もいるが、私の知る限りロダンはいない。彫刻家で複数回登場するのは、何といってもジャコメッティである。ジャコメッティのあの、実存そのもののように極限まで削ぎ落とされ抽象化された人物像の方が、ロダンの肉感より克巳短歌には近いように、私には思えてならない。

照りかげる砂浜いそぐジャコメッティ針金の背《せな》すこしかがめて　『球体』

ふりむけばジャコメッティの顎ひげのしらむあかつきスタンパ＊の夢　『万象ゆれて』

スタンパの谷のぼりくる背をまげてジャコメッティのまなこあいいろ

＊スタンパはジャコメッティの生家のある村の名前で、晩年の仕事場となったスイスの僻村。この地名は後の「海に叫ばむ」の節でふたたび登場する。

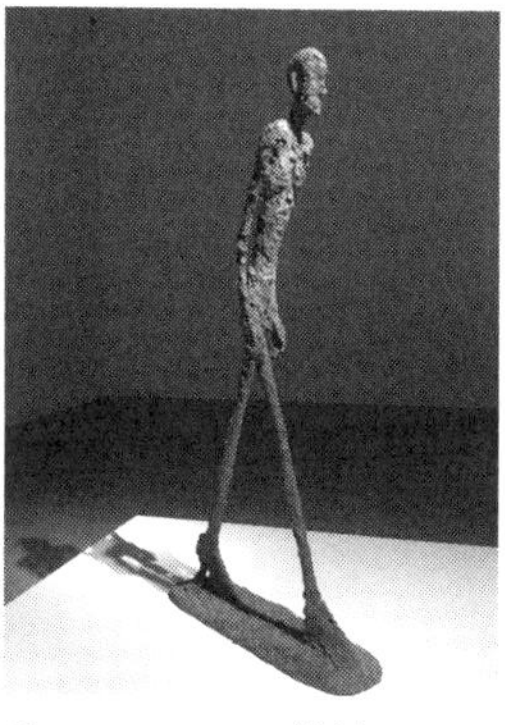

ジャコメッティの彫刻
「歩く男」

ロダンと昭和三十八年の小学生

戦後、ロダンが広く一般に知られるようになるのは、一九五九（昭和三十四）年、松方コレクションを中心とする上野の国立西洋美術館（設計ル・コルビュジエ）の開館ではないだろうか。前庭に設置された「考える人」「地獄の門」「カレーの市民」により、ロダンは一部の芸術家だけではなく、子どもたちにとっても「有名な彫刻家」になった。

私の小学四年（昭和三十八年）の時の担任のY先生は図工が専門で、ロダンの話をよくされた。中でも記憶に残っているのは、「カレーの市民」の話だった。カレーといえばカレーライスしか思い浮かばない小学生に、カレーはイギリス海峡に面したフランスの港町の名であること、イギリスとの百年戦争で、全市民を救うために自ら犠牲となった六人の市民が敵陣に出頭した時の、苦悩や絶望や怒りといった究極の感情が表現されているということだった。それは「表現する」ということの意味を、子どもたちに考えさせるものだった。

父はときおり私を西洋美術館に連れて行ってくれたので、ロダンの彫刻を見たことはあった。彫刻と言っても粘土細工の延長程度にしか考えていなかった小学生の私たちには、「考える」ポーズが印象的な「考える人」が最も親しみがあった。ヤンチャな男の子たちはよくこの彫刻の形態模写をしては、「ウンチングスタイル！」といってみんなを笑わせた。

Y先生は、図工の時間にローラープレス機を使ったエッチングや黒い色紙とパラフィン紙で作るステンドグラスの制作など、さまざまな創作の技法を私たちに経験させてくれた。めずらしい器具や創る楽しみを教えてくれた図工の時間と先生が私は好きだった。

ある時、図工の時間に私が作った木工の「鹿」が埼玉県の美術展で金賞をもらい、当時浦和の別所沼《べつしよぬま》の畔《ほとり》にあった県立美術館の展覧会に出展された。その作品は、家の近所の工事現場から拾ってきた切り落としの木片を組み合わせ、角に見立てた小枝を頭に刺しただけの無骨なものだった。Y先生はこの作品についてみんなの前でこう話した。

「加藤さんの作品は、形はいびつでデコボコだし釘ははみ出しているし、鹿の角らしい枝が頭に刺さっていなければ鹿だか何だかわかりません」

と、とても褒めているとは思えない言葉を並べて話し出されたので、途中まで私はちょっと不本意で憮然とした気持ちだった。ところがその後、先生はこう続けた。

「でも、その中に動物の生き生きとした生命力や力強さが表現されていて、素晴らしい作品です」

ここまで聞いてようやく褒められていることを理解した私は、その言葉の中に、普段父から聞いている話に似た匂いを感じた。創作や表現することの要《かなめ》のようなもの。きれいに整っていたり上手にできることよりも、自由な気持ちで感じたことを素直に表現する方が、人の心には伝わるのだと。

その後しばらくして、Y先生は私に尋ねた。

「家の人は展覧会を見に行きましたか?」

「いいえ」と、私。

「え? 金賞なのに……」

先生は、口の中でことばを飲みこんだ。

四年生というと、わが家では前年に祖父が脳溢血《のういっけつ》で倒れ、祖母と母が在宅介護を始めて間もないころである。見舞客や親戚の人、往診のお医者さんやマッサージ師が入れかわり立ちかわり家にやってきた。はなれの祖父母の居室で祖父の介護をするのは大変だということで、母屋に病室兼居室の増築工事がはじまった。家業の会社は、社長だった祖父が倒れたので父が社長になった。尋常ではない空気が家を支配していた。このころから私は、寝たきり老人のいる家に友だちを連れてくることがほとんどなくなった。

そんな中で、図工の作品が展覧会に出展されていることを私は家でハッキリ伝えなかったか、もしかしたらまったく言わなかったのかもしれない。先生にしてみれば、自分の専門の図工で指導した生徒が県で金賞をとったのは誇らしかったに違いなかった。それなのに家の人は誰も見に行かないのはやや不本意だったのかもしれない。先生に言われたことを伝えると母は「ああごめんね、見に行きたかったね」と少し申し訳なさそうに言った。

その後、中学校で友だちになった栗原さんは、拙著の中で介護の話を読んでこう言った。

「やっぱりそうだ、そういう家だったのね。中学生のころ、うちでは叔母さんが病気で寝ていたから友だちを連れてくるのが嫌だった。あなたが家に遊びに来た時、叔母さんの枕元をまったく普通の顔で、コンニチハって言って通り過ぎたの。ああよかった、とホッとしたのを覚えてる」

こういう、「よその家と違う」という気持ちを表す言葉を子どもは持っていないか、口に出してはいけないと思って胸の奥にしまいこんでいる。おとなになると忘れてしまっている小さな感情のひだが、何かのきっかけでふいに記憶の古層から出てくることがある。五十年以上も前のこんな些細な出来事にピクンと揺れた気持ちを、栗原さんは思い出していた。

人たらし（一）

大正ひと桁生まれには「人たらし」が多いという話題から、いくつか思い出したことがある。

二〇二二年、叔父が亡くなった。父は七人きょうだいの長男。すぐ下の弟はビルマで戦死し、生き残った六人のうちの最後のひとりだった。これで父の姉弟が全員あちらの世界に勢ぞろいしたことになる。祖父や祖母と卓を囲み母や叔母たちも交え、さぞかし昔話でにぎわっているに違いない。

父のきょうだいは仲が良かった。小さい頃から引っ越しが多く、一緒に戦争を乗り越えてきた家族であり、祖父の作った会社を兄弟で経営してきた事情もあるのだろう。祖父母のいる本家であるわが家には、叔父や叔母が何くれとなくやってきた。お盆とお正月には全員が集まり、互いにわけへだてのない付き合いが続いていた。私が子どものころは、近くに住む叔父や叔母の家全部をひっくるめてわが家だと思うほど遊びに行ったり食事をご馳走になったりしていた。

六人の中で最初に亡くなったのは三番目の弟で、二〇〇八年のことだった。その娘である従姉《いとこ》は今でも会うたびにこの話をし、話すたびに必ず涙ぐむ。

「克巳おじさんは本当に弟思いで優しかったのよ。うちのお父さんがもう最後のころ、おじさんたちみんなで病院にお見舞いにきてくれたの。帰るときになって病院の玄関まで出たのに、克巳おじさんは急に立ち止まるともう一度病室にもどってきてお父さんの手を両手でしっかり握ったのよ。それからね、お葬式のとき、お棺の中のうちのお父さんに向かって、待ってろよ、すぐ後から行ってやるからな、って声をかけたのよ。克巳おじさんは本当に優しい人なの」

その二年後、父は約束どおり「すぐ後から行ってやった」のだった。

この話でもうひとつ思い出すのは、以前にも書いたことがあるが新聞の選歌である。九十歳を超えて体調の起伏もありさすがに選歌も次の世代に譲った方がよいのではないか、担当者は高齢の父に言い出せなくて困っているに違いない。こう思って私が新聞社に電話をかけ、そう伝えたことがあった。するとある新聞社の担当者から予想外の答えが返ってきた。

「先生には続けられる限り続けていただきたいと思っています。先生の評は人気があるんです。励まされて元気や勇気がわいてくると言われます」

子どもの頃から、父が右手に赤鉛筆を持って新聞の選歌をしている姿は日常的に見ている。しかし何をどう選んでいるかなど全くわからない。ただ父の前に高く積まれたハガキの山が、瞬く間のスピードで隣の山に移され積み上げられていく中で、時折振り分けられる一片《ひとひら》があるということだ。あの一片がなぜ選ばれたのか。こんな言葉を覚えている。

「上手か下手かじゃないんだよ。その人の生きてきた実感、身体の中からにじみ出てきた歌が良い歌なんだ。そういう歌を選んで、良いところを褒めるようにしてるんだ」

万事において父にはそういうところがあった。

「熾《おき》」に掲載されている斉藤光悦《こうえつ》さんの連載中の評論「加藤克巳六十代短歌・著作を読む(21〜23)」(二〇二四年三月号〜五月号)では、父が書いた追悼文について詳しく触れられている。

『加藤克巳著作選3　加藤克巳評論集成』(沖積舎　一九九五年)には、「逝きて還らぬよき人たち——その人と作品」という形で追悼文がまとめて収録されている。釈迢空《しゃくちょうくう》、土岐善麿、角川源義、大野誠夫、宮柊二、寺山修司をはじめとしてその数、実に八十三編にのぼる。

この序文で父は弔辞をたのまれることが多いことについて、こんなことを書いている。

「私には辞退が出来ない。故人に対する生きているもののせめてものつとめなのだと思えばことわることは出来ない。永遠の別れに際して、誰が拒否出来ようか。

私はどんな締切の迫った原稿を書いている最中でも、葬儀・告別式のため、まったなしで弔辞をしたためた。和紙に筆墨で、苦心しながら書いた。すらすらかけるはずがない。（略）生きていることが有難い、もったいないことだと思えば、死んでしまった秀れた人たちへの弔辞を書き、追悼文を書く。幾つでも書く、精いっぱい書く、それは生きていること、生きているものの当然の義務なのである。」

斉藤さんは父の追悼文についてこう書いている。

「可能性の狩猟者、表現の冒険家といった実作における積極性、前衛性、といったところにライトが当たりがちな加藤克巳という歌人の実生活、すなわち誠実で温かい人柄と人づきあいの様子が文面からひしひしと伝わってくる。弔辞や追悼文を頼まれることが多かったのは、克巳は人を惹きつけるだけでなく、人に好かれる人だったのだろう。惹きつけると好かれるは同じ事を言っているようだが、そうでもない。才能や実績の輝きが人を引き寄せるけれども、怖かったり気難しかったりして遠ざけられる、遠巻きにされる人はいるのである。」

なるほどそうなのかもしれないが、父は人に好かれる以前に、何より人が好きだった人に違いないと私は思っている。

人たらし（二）

二〇二二年のことだった。小田急線の代々木上原にある東京ジャーミイ・ディヤーナト　トルコ文化センターという、日本最大のイスラム教寺院（モスク）に行く機会があった。都内で美しいイスラム建築が見学でき、イスラム教やトルコ文化について解説を聞くこともできる場所である。

一度ぜひ行って見たいと思っていたのには、建築の見学以外にもうひとつ理由があった。このモスクの広報責任者である下山茂さんにお目にかかることができるかもしれない、と思っていたのだ。下山さんはモスクやイスラム教、トルコについての解説でテレビや雑誌などメディアにも登場される。私はこの方の顔と名前に覚えがあった。

病気で二〇一三年に亡くなった長兄の則芳《のりよし》は学生時代に大学を一年休学し、仲間と一緒にニューギニア高地人の現地調査に出かけた。大学を卒業した後は出版社の角川書店に勤め十年ほど、主に雑誌「野性時代」の編集部にいた。やがて角川書店を退職すると八ヶ岳の麓に移住し、それからいくつかの段階を経て、何年かするとアメリカの自然保護の父と言われるジョン・ミューアを日本に紹介する本を書いた。その後は自分の足でアメリカの代表的なロングトレイル*を歩き、「歩き旅の思想」を日本に紹介する本を書くようになった。やがて、林野庁や自治体などの協力を得て日本に本格的なロングトレイルを作る活動を始める。講演や執筆をしながらナチュラリストとして生きていたが、夢の実現を目前に道半ばで病気で亡くなった。

学生時代にニューギニアに行く前には、専門家や研究者、探検に詳しい人に取材し、研究会で計画を練っていた。その中のひとりに大学の同級生の下山さんがいた。探検部に所属し世界中の秘境探検をしているという下山さんは、家に何度か遊びにみえたこともあった。そのころ高校生だった私には「探検部」という名称だけでも強烈な印象があり、浅黒く彫りの深い、いかにも探検家らしい顔立ちと名前に覚えがあったのだ。

とはいえ、大学卒業後、下山さんと兄にどの程度の親交があったのかはまったく知らなかった。そもそもアポイントも取らずに行ったので、ご本人がいらっしゃるかさえわからない。しかし私の中にはなぜか、お会いできればきっと下山さんは兄のことを覚えているに違いないという根拠のない確信、直感のようなものがあった。

とりあえず手持ちの兄の著書を一冊持って行き、受付で下山さんがいらっしゃるか聞いてみた。ほどなく出てきた下山さんに、私は本の表紙を見せて「この人をご存じですか？」と聞いてみた。下山さんは本をチラリと見ると即座に言った。

「え？　もちろん知ってますよ。カトウでしょ？　大学で同じクラスだった……」

私が妹であることを告げると下山さんは驚いて、すぐ左手の椅子のある部屋へ案内してくれた。

「カトウは亡くなったんですよね、病気で……。聞いています」

下山さんによると、大学を卒業してからしばらくは、兄が編集部にいた「野性時代」に執筆を依頼されたりして親交が続いていたという。その後兄が角川を退職し、三十代半ばになるとさまざまな事情で親交が途絶えた。しかし、共通の知り合いから風のたよりに活動の様子などは聞いていた。ということは、直接会わなくなってから四十年ちかいブランクがあるわけである。

それから次々と出てきた言葉に、今度は私の方が驚かされた。下山さんは最初、頭の中の遠い昔の映像をさぐるような眼をして、言葉をていねいにすくい上げ、ゆっくり話し出した。しかし話し始めると、今度はまるで昨日会っていた友人の話をするかのように鮮やかに兄の印象を次々と言葉にしていった。旧友の妹が突然訪ねてくることなどもちろん想像もしていなかったのに。

それからは、肉親としては悪い気はしないが、少々盛り過ぎではないかと思う言葉が続いた。

「カトウはねぇ、何ていうのかなあ、育ちがいいっていうのか、人を出し抜いたりおとしめたりってことが全くないヤツなんですよね。清廉潔白っていうのかなあ。人の前にしゃしゃり出たりすることもなくて物静かなんだけど、絶対枉《ま》げないところがある」

この言葉に、母がよく長兄のことをこう言って笑っていたのをふと思い出す。

「おとうさんが、小さいときからズルイことはするな、ズルガシコイのが一番恥ずかしいことだと言い聞かせてたから、要領よく生きられるはずないのよね」

下山さんはさらにこう続けた。

「それからカトウはねぇ、オシャレっていうのか、着るものでも持ち物でも自分のスタイルを持ってて、ある意味頑固なんですよね。ジョン・レノンにちょっと雰囲気が似ててね(兄はレノンに似た丸メガネをかけていた)」

「カトウはねぇ、生き馬の目を抜くような都会の世界は合わなかったかもしれない。確か同僚ですごく野心的なやり手編集者がいたけど、ああいう世界観とは対極にいたな。自然が好きだもんな」

「そうか、カトウは結局、自分に合う道を選んで見つけたということですね。カトウらしいね」

「最近大学のクラスの連中に会うことが増えたけど、カトウがいたら絶対みんな会いたいね。話したいよなぁ」

死んだ人間のことを身内に悪く言う人はいないとはいえ、下山さんの言葉のひとつひとつには偽りのない気持ちがこもっているように聞こえた。

私が同じ屋根の下に住んでいたのは兄が二十代半ばくらいまでで、しかも家族に対する顔しか知らない。外でどんな顔をしていたのかはまったくわからない。しかし私が子どものころから見ていた兄の素顔に当たらずとも遠くはなく、違和感もない。下山さんが言葉で描く輪郭は、むしろ本質をずばりととらえている横顔スケッチに思える。さらに下山さんはこう続けた。

「確かお父さんが俳句だか短歌だかやってる方だったんですよね」

「はい、短歌です。歌人だったんです。父が亡くなった時に私たち兄弟妹《きょうだい》で父の色紙を何枚か選んで分けたんですが、兄が選んだ歌がこれでした」

こせつかずおおらかで且つ堂々と自然体やよし単純やよし

『樹下逍遥』

「そうですか、なるほど。そうだな、きっとお父さんもそういうところのある人だったんだろうな。同じ血が流れてる父子《おやこ》だったんでしょうね」

ほどなくして私は下山さんに別れを告げた。帰り道でもしばらく、「カトウはねぇ……、カトウはねぇ……」という下山さんの話しぶりと声が耳から離れなかった。

＊森林や原野、里山にある「歩くことを楽しむための道」。登頂を目的とする登山と異なり、地域の自然や歴史文化に触れる「歩き旅の文化と思想」はアメリカが発祥。数千キロに及ぶトレイルもある。

人たらし（三）

歌人の大野誠夫さんのご子息で私の幼なじみの曜吉さんに、大正ひと桁生まれ「人たらし」説の話をした。私が、大正三年生まれの大野誠夫さんも「人たらし」だったでしょ、と言うとしばらくして曜吉さんからメールが届いた。

「父が他人に対してどういう態度で接していたかはもちろんわかりませんが、あるウェブサイトによれば、「人たらし」の特徴を次のようにあげていました。

①常に笑顔で人と接する、②ポジティブな考え方を持っている、③話を楽しそうに聞く、④モテる、⑤リアクションが面白いほど大きい、⑥お金を惜しまない、⑦フットワークが軽い、⑧他人を上手に頼る

う〜む、⑥のお金はなかったけれど、惜しまなかったのは事実。だから残らなかったかも。他はだいたい合っていそう。

で、総合すると、洋子さんのご判断に合意です」

曜吉さんは医学者だから実証的で、意見を述べる時には常に根拠を明らかにする。この特徴に従えば、父の場合④⑥は見方にもよるのでわからないが、その他はおおかた近い。特に⑤の解説「楽しいときには子どものように無邪気な笑顔を見せたり、驚いた時には目を見開いたり、リアクションが大きい」はピッタリ。

したがって、大正ひと桁生まれ「人たらし」説の「実証研究」としてはふたつの実証例があがったわけである。

背筋で読む本

話は父の思春期に飛ぶ。もちろん私はその場に居あわせないし知らないわけだから、想像の翼を思い切り威勢よく広げて、残された資料から妄想してみた。

作家の辻原登さんは次のような持論をお持ちだという。

「ドストエフスキーは十九歳までに読み終えていなければ、読んだことにはならない、と私は考えている。二十歳を過ぎて読み始めるのではもう遅い。納得できない人もいるだろうが、私はかたくなにそう思っている。ドストエフスキーの毒を十九歳までに浴びていないものは、本質的な作家にはなれない。二十歳を過ぎては、もうドストエフスキーの毒は体中に回らなくなる。」

（『東京大学で世界文学を学ぶ』集英社　二〇一〇年）

『罪と罰』も『悪霊』も『カラマーゾフの兄弟』も頭でなく、背筋で読むべきもので、それができるのは生物学的に二十歳までだというのである。

前著『庭のソクラテス』で、父が旧制中学時代の数え年十五歳で短歌に出会い作歌活動を開始したこと、当時の学生には高価で買うことの出来なかった釈迢空の『春のことぶれ』を借りてきて、全編を大学ノートに書き写した話を書いた。

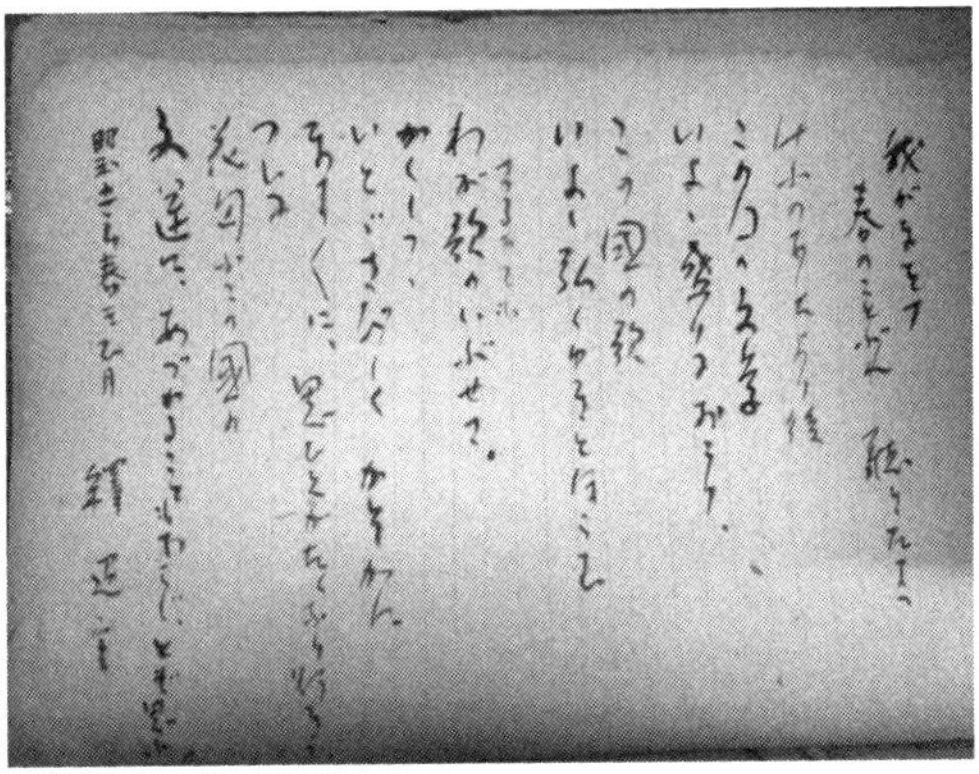

釈迢空『春のことぶれ』を書き記した大学ノートの表紙と中面（國學院大學「折口博士記念古代研究所」所蔵）

このノートは國學院大學「折口博士記念古代研究所」に寄贈され、私は前著を書く際に実物を閲覧させてもらった。大学ノートは前編・後編の二冊。前編は毛筆、後編からは万年筆で書かれている。ノートを横向きにし、縦書きで折口の多行形式の歌をそのレイアウトもそっくりに書き写すという丹念な作業である。辻原登さん流にいえば、十五、六の歳で背筋で読み、どっぷりと浴びた迢空の毒は身体中をかけめぐったことだろう。そして辻原さんは、一度毒を浴びた本の再読はどの年齢でも良い。深みと旨《うま》みがうんと増すのだ、という。

父は人生の後半になってから、『鑑賞　釈迢空の秀歌』（短歌新聞社　一九八七年）を出した。七十二歳になっていた。辻原流の伝で言えば、さぞ、深みと旨みをたっぷりと味わいつくしていたことだろう。

折口信夫との距離

前著で父が折口の薫陶を受けながら、「弟子にあって弟子にあらず」と言っていたことを書いた。このことについて何人かの方からご質問をいただいたが、この距離感は私にもわかりにくい。

十五歳で背筋に浸みこむほどに影響を受け、大学ではすべての講義を逃すことなく受講していた。その証《あかし》である詳細な講義録は、折口博士記念古代研究所に寄贈された大学ノートで、私自身が確認してきた。後の父の文字とは異なる几帳面《きちょうめん》な細かい字で書かれた、気が遠くなるようなていねいな口述記録である。ちなみにノートの中には、折口信夫の「文学史」「民俗学」「源氏物語」「郷土研究会」、金田一京助の「國語学」講義録などのほか、父の卒論「短歌形式成立に関する研究」とその草稿や作品ノートもあった。

それにもかかわらず、折口主宰の短歌結社である「鳥船社《とりふねしや》」には入会せず一定の距離を保っている。この疑問に答えるのが、次の追悼文「折口先生の逝去を悼んで　学問と文学の泉」である。長くなるが、微妙な感情の距離感とこだわりが読み取れるので引用してみる。（「ロダンと大正期の青年」で引用した部分と一部重複する）

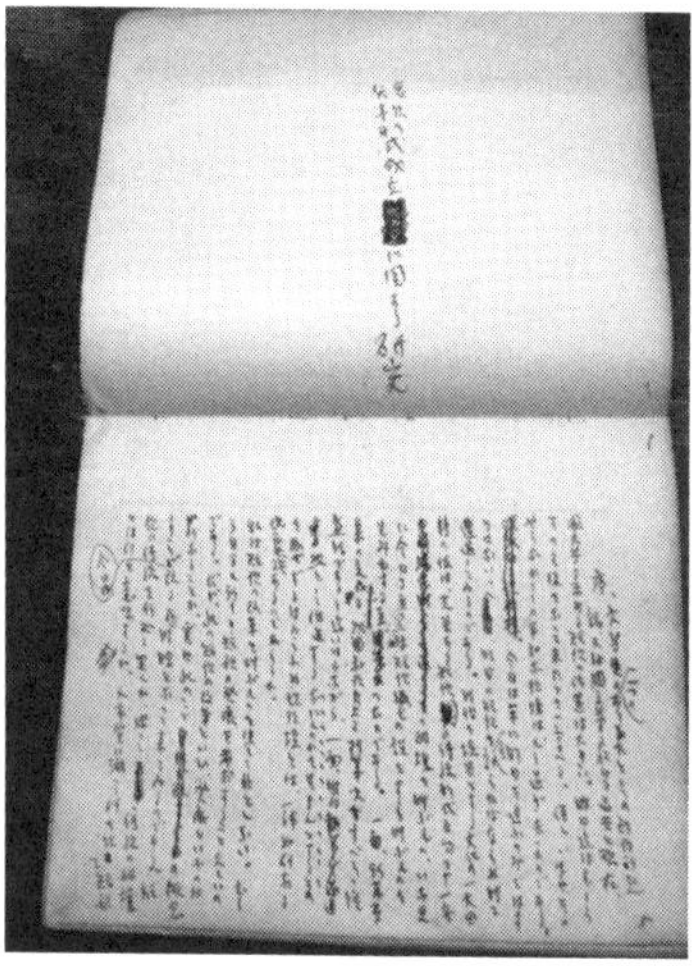

卒論「短歌形式成立に関する研究」とその草稿

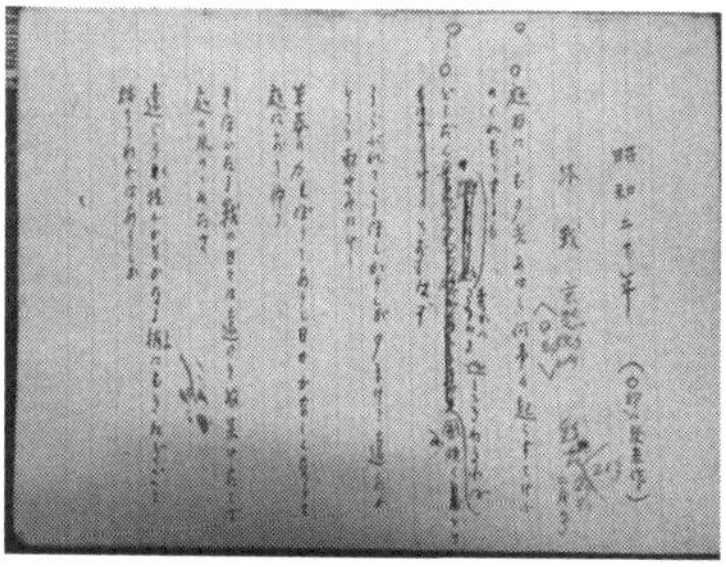

昭和二十年の作品ノート

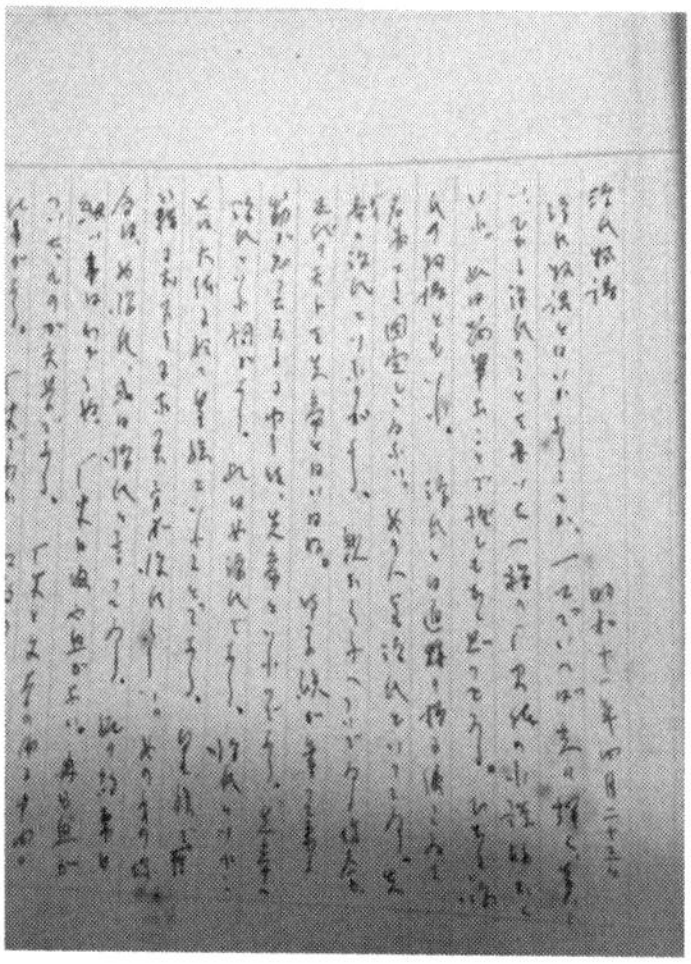

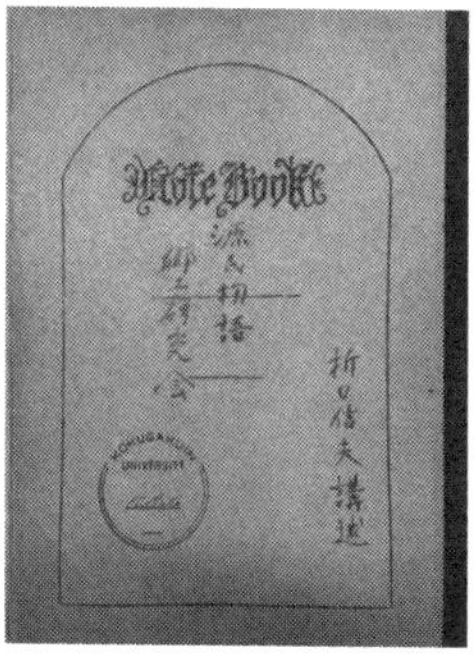

折口信夫講義録「源氏物語　郷土研究会」のノート表紙と中面

「昭和八年だから丁度二十年前の先生にはじめて教えをうけ、在学中五ヶ年間殆ど先生の講義に欠席したことがなく、毎木曜日行われた課外の「郷土研究会」にも、欠かさず出席して先生の特異にして卓抜な講義を聞いた。それほどぼくにとっては先生の講義はおもしろかった。

（略）

それでもぼくは先生の直弟子にはならなかった。先生の学問はおもしろくても、先生の弟子への偏愛がおもしろくない。いまにして考えれば残念なような、よかったような想いでいるが、とにかく先生に遠くから、しかし実に熱心に師事した一人であったと思う。弟子にあらざるの弟子とでもいおうか。卒業の年だったと思う。生意気だったぼくが『螺旋階段』というハイカラな歌集を作って、ひそかに

第一歌集『螺旋階段』

研究室の先生のもとへお届けした時、ぱらぱら二、三頁めくって、何か複雑な顔でジッとみつめられた事を記憶している。この青二才が、生意気な、と思われたかどうかは知らない。

（略）

戦後、先生の作品を中心にいろいろとよみ返しているうちに、ぼくはあらためて静かな、そしてはげしい感動を覚え、「日本短歌」や自分達の雑誌へ三、四回の迢空論を書いた。その頃、これはまさしく汲めどもくめどもつきぬ学問と文学の泉だと思った。歌壇の人達は迢空を理解しない、いや理解しようとしないのだ、という一種の憤りのような気持ちで書いた。ある夜、そうだ宮柊二君の『小紺珠』の出版記念会の折、先生にお会いして挨拶すると、戦争で長い間隔たっていたぼくをよく覚えていてくださって、「いつもごひいきにあずかりまして」と礼を述べられ、是非遊びに来るように、何曜日と何曜日は学校、その他は自宅にいるといわれたぼくは、例によって先生の言葉がひどく皮肉にもとれるし、また親しみにもとれて、とまどった。先生にはどうも近よりがたいところがある。やはりこわいのだ。その後何回かおめにかかった。

（略）

今年の夏拙著『エスプリの花』を持って、学生の頃おそるおそる先生に『螺旋階段』を差し出した折の記憶を思い出しながら先生をたずねた。」

父はその際にはちょうど先生がディスカッションの真っ最中だったので遠慮して辞去したことを、結果として最後におめにかかる機会を逸してしまったと深く後悔している。やがて、体調を崩された先生からは人を介して「加藤さんへ」と書かれた短冊を受け取っている。「このたったの四文字がひどく親愛がこめられているようで有難く、嬉しくてならなかった」。そして次の文章で追悼文を締めくくっている。

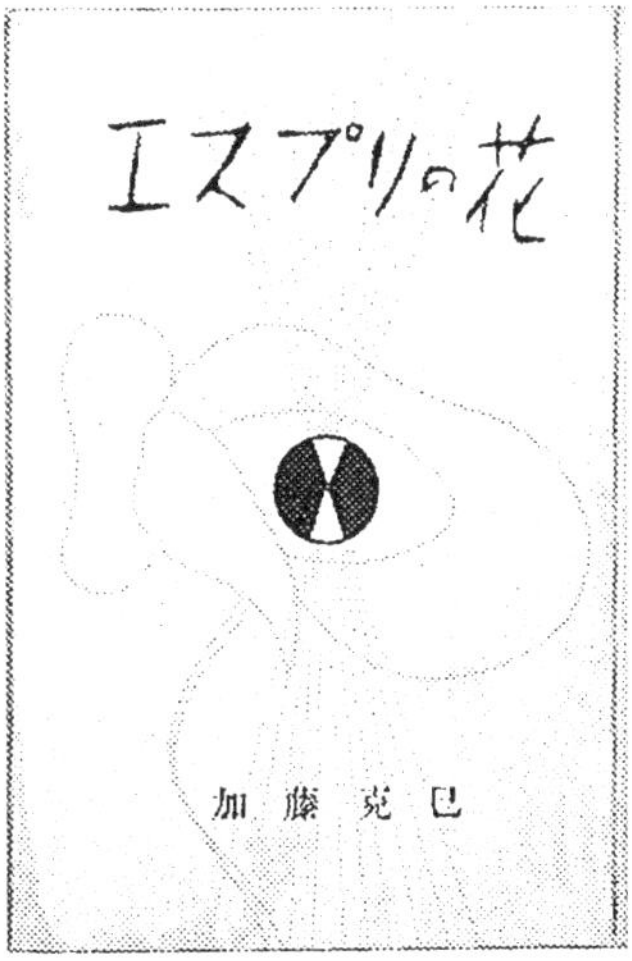

第二歌集『エスプリの花』

「折口先生は亡くなられた。ぼく達は先生の古代から近代へ貫かれた道を、つまり先生の歩まれた道をふみこえてゆかねばならぬ。勿論何から何まで先生に及ぶ筈がない。その先生を踏台に、先生とは少しでも違った次元へ突進んでゆかねばならないのが後進の道だと

思う。先生を学んで、先生をくぐって、次の時代をどうやってぼく達はもとめてゆけばよいのであろうか。」（原文ママ）

（「短歌」昭和28・11、『加藤克巳著作選3　加藤克巳批評集成』沖積舎　一九九五年収録）

折口の短歌結社「鳥船社」にはいらず独自の道を進んだことについて、父には生涯にわたってこだわりがあった。昭和四十五年に第四回迢空賞を受賞した折の父の喜びようは、子どもだった私の眼から見ても何か特別な思いがあったことを感じさせた。

昭和五十年に書いた角川源義さんの追悼文では、迢空賞の式典で角川さんが祝辞で述べてくれた言葉に触れている。

父と角川源義さんは大学で同じ折口信夫、武田祐吉といった国文学の碩学《せきがく》から学んだ先輩後輩にあたる。父が三学年上である。しかし、源義さんは折口主宰の短歌結社「鳥船社」に加わり、父は加わらなかったことで道が分かれた。父が先生からの束縛を避けてそうしたことは前述の通りである。一方、「鳥船社」にはいった源義さんはかつて折口に報告せずに結婚し、ひどく叱責された時期があったという。学生時代には、二人が話をする機会はなかった。後に源義さんは俳句に転じたが、角川書店を創設した折に総合誌「短歌」を創刊した。父は歌人の立場からこの功績に深い感謝の念を抱いている。

さて、角川源義さんは迢空賞の式典の祝辞で父に向かってこう言った。

「伝統をふまえた革新だからいいのである」「古典をよく知り、わきまえている」

この短い言葉から受け取った深い歓びについて、父は追悼文「角川源義氏を悼む」で特筆している。それは、この言葉の向こう側に、源義さんがかつてその結社に属していた短歌の師、折口信夫による理解を読み取ったようにもとれる。

父には万葉をはじめとする古典の名歌をそらんじるまで読みつくし、伝統を徹底的に学んだ上でシュルレアリスムの詩論などから詩の本質を勉強したのだ、という強い自負があった。「抽象の歌人」「前衛歌の先駆者」などと言われることが多いが、実は伝統を守るために革新であり続けたのだという、積年の想いが伝わってくるようである。

ヨーちゃん

終戦の翌年昭和二十一年、当時三十代になったばかりの私の父と歌人の大野誠夫さんは出会い、歌誌「鶏苑《けいおん》」の創刊を誓った。やがては考え方や作風や生き方の違いから袂《たもと》を分かつことになったとはいえ、全てが燃え尽きた敗戦の中で出会ったふたりの青年の思いはどんなだったろう。テレビのドキュメンタリーなどで戦後の焼野原の映像が映し出されると、ふとそんな想像をすることがある。

父は大野誠夫さんのことを正式なお名前の訓読み「のぶお」さんでなく、「オーノセーフ」と音読みのフルネームで呼ぶのが常だったので、私の耳の中では「オーノセーフ」さんで定着している。

すでに「人たらし（三二）」で登場したオーノセーフさんのご子息の曜吉さんことヨーちゃんと私は、浦和の同じ幼稚園に入園し中学校まで同じ学校で学んだ。

幼稚園に入る前から、オーノセーフさんはヨーちゃんを連れて父に会いに見えることがあったので、三歳くらいのころには一緒に遊んだこともあった。大人になって私がこの話をすると、曜吉さんは必ずこう言う。

「暑い日に遊んでいたら、ヨーコちゃんのお母さんが砂糖のはいった甘い麦茶を出してくれて、それがものすごく美味しかったのを覚えているんだよ。うちのおふくろは、虫歯になるからといって甘いものは食べさせてくれなかったからね」

曜吉さんのお母さんは歌人の木戸昭子《あきこ》さん。女医さんでもあるから、さすがに筋を通している。

昭和三十年代初めの頃。夏になると母は大きなやかんで麦茶の粒をグツグツと煮出し、お勝手には毎朝香ばしい香りが立ち込めていた。人の出入りの多いわが家では、冷蔵庫で大量に冷やしてある麦茶を、客人であれ親戚であれ御用聞きであれ、誰彼となくふるまっていた。

その頃の子どもは多分、今の子よりずっと砂糖が好きだった。甘いというだけで気持ちが満たされ、嬉しくなったものである。そして、麦茶は多分、今よりずっと風味があり苦味が深かった。母は子どもには麦茶に砂糖を入れ、甘い飲み物にして飲ませていたのである。

小学校に入ると私は「ヨーちゃん」を「大野くん」と呼ぶようになり、ヨーちゃんは私を「ヨーコちゃん」ではなく「加藤さん」と呼ぶようになる。クラスが違ったり、男子と女子であったこともあり、あまり話す機会もないまま中学を卒業した。やがて、高校を卒業した大野くんは東北大学の医学部に進学し、法医学を専門とする医学者になった。法医学とは、事故や災害の身元確認や、犯罪捜査や裁判などで法律の適用過程で必要とされる医学的事項を研究、応用する社会医学だそうだ。私からはあまりに遠く、想像もつかない分野だった。その後しばらくは会うこともなく、時が過ぎていった。

トリカブト事件

次に曜吉さんの名前を目にするのは新聞や雑誌でだった。ある事件の解決に至る医学的立証をした、琉球大学法医学教室の大野曜吉助教授として、多くのマスコミで取り上げられたのである。記憶にある方もいらっしゃるかもしれないが、沖縄で一九八六年に起きた「トリカブト殺人事件」の犯人を特定する証拠を提示したのが曜吉さんだった。綿密な検証と推理の結果、犯人の遠大な殺人計画を見抜いたのである。事件の経緯と詳細についてはご本人が『トリカブト事件と私』（めるくまーる　二〇一九年）としてまとめられている。

概要は次のようなものである。

一九八六年、沖縄県八重山《やえやま》の石垣島で、友人の女性と観光で訪れていた若い女性が急死した。八重山警察署から連絡を受けた琉球大法医学教室の大野助教授は現地で行政解剖（死因究明のための解剖）を行う。この時点では病死としか考えられず急性心筋梗塞とした。しかし、ふと違和感を覚えた大野助教授は、念のため血液三十㎖を保存することにした。警察官、法医学教室員も漠然とした疑問を感じていた。

やがて、この急死した若い妻と直前まで那覇で過ごしていた新婚の夫Kが、妻に一億八五〇〇〇万円という多額の保険金をかけていた事がわかり、ここで解剖は司法解剖（犯罪が疑われる場合の解剖）に切り替わる。大野助教授は文献などを調査し、トリカブト（北半球に分布する有毒植物）毒を疑い、母校の専門家に血液からの分析方法の開発を依頼。実際にトリカブト毒が検出されたのは解剖から九か月後だった。ここに至り大野助教授は殺人事件を確信する。

一方で夫のKは、保険金の支払いに疑問を持つ保険会社を相手に民事訴訟を起こしていた。妻と那覇で別れてから致死までに一時間半経過していたことを理由にアリバイを主張し、勝訴していた。しかしその後、Kがトリカブトの鉢を大量に購入していたことが判明。また別ルートから、Kが横須賀の漁師から毒性のあるクサフグを大量に購入していたという情報もはいる。保存していた血液をさらに検査するとクサフグの毒も検出された。

死に至るまでのタイムラグの謎を究明すべく多くの文献に当たり、マウスによる動物実験を繰り返した結果、大野助教授はトリカブトとクサフグの毒性は、相互に逆の作用をすることを突き止めた。すなわち、両者を同時に服用すると一定時間はトリカブトの毒が緩和され、クサフグの毒が切れた後にトリカブトの毒性が発揮されることをつきとめたのである。

ここに至って、Kがトリカブトとクサフグの毒性作用を丹念に研究し、妻に多額の保険金をかけた上で、計画的に時間差を利用したアリバイ工作を施して殺害したことが判明した。事件はその後、控訴、上告を経て、二〇〇二年、最高裁の上告棄却の決定により無期懲役が確定し、幕を閉じた。

この事件はトリカブトとクサフグの毒性を利用した科学性、計画の周到性、保険金が多額であったことなどからマスコミで大きく取り上げられた。加えて、この周到な計画を法医学者がその職業的嗅覚《きゅうかく》で究明し、真実を暴き出し、事件解決に尽力したことも大きな注目を集めた。この事件はその後の法医学界や警察の捜査方法に大きな影響を与えることにもなった。

『トリカブト事件と私』の読後感を正直に言えば、現実の事件に対して誠に不謹慎ながら、めっぽう面白い筋書きのサスペンスドラマである。名探偵シャーロック・ホームズの相棒である医者のワトソン氏が、科学的知見と推理を武器に真相を見事に暴いていくのにも似ている。

それはもちろん筆者の文才に負うところも大きい。しかしここには、もう少し深いところに、資質のようなものがあるのではないか、というのが私の感想である。疑問を解決していく発想の根源には、やはり文学的想像力が働いているに違いない。そしてもう一つは、揺るぎない信念を持って仕事に取り組む社会的倫理観があるのではないかと思った。

曜吉さんの関与してきた仕事には冤罪《えんざい》事件も多い。中には事件発生、逮捕から再審での無罪確定まで実に三十四年を要した松橋《まつばせ》事件（熊本県で発生した殺人事件）などもある。緻密な調査研究や総合的な判断には強い信念と時間を必要とする。長い時間をかけて事件の真相や被疑者の人生に深くかかわっていくことになる。医学者としての力量、技術はもちろんだが、加えて人間の持つ本性、愚かしさ、哀しさといった、人に対する想像力が無くてできる仕事ではない。そこに、理系と文系を超えた人間として拠《よ》って立つ軸足のようなものを感じるのである。

大野曜吉さんは、トリカブト殺人事件発生時に勤務していた琉球大学から日本大学医学部を経て、日本医科大学法医学教室の教授としてその間多くの事例に関わってこられた。

セーフさんのDNA

二〇一九年、大野くんこと大野曜吉教授の日本医科大学定年退職記念講演会に、何人かの同窓生と一緒にお招きいただいた。

私は急に思い立って、着る機会もないままタンスに眠っていた母の形見の着物を着ていくことにした。藤色の江戸小紋に、母も私も気に入っていた大名行列の絵柄が描かれた淡いベージュの名古屋帯、帯締めから襦袢《じゆばん》からバッグ、道行コートまで、すべてそっくり母のものを身に着けて出かけて行った。会には大野誠夫さんの後を引き継いで歌誌「作風」を主宰されている歌人の金子貞雄さんもみえていたので、ご挨拶をさせていただいた。

退職記念講演で曜吉さんは、トリカブト事件をはじめ関わってきたいくつかの事件の実例、阪神・淡路大震災や東日本大震災の身元確認作業、法医学教室の社会的な意義や活動などを、時には趣味のプロレスの話題などをはさんで会場を笑わせ、ユーモアを交えて解説した。そして最後に、大野誠夫さんの次の言葉を画像に映し、「歌人であった私の父が残してくれた言葉です」と言って講演を締めた。

事件なら事件、この奥にあるものを洞察する力、現実なら現実に対する認識の深さが、短歌を文学たらしめる。

（最近の感想—現代文学としての短歌「豹文」一九七二）

人みなのいのち尊ぶ医師となれよ
単に金の為の技術者となるな

（『あらくさ』一九八二）

私は曜吉さんが自分の退職記念講演の最後を、大野誠夫さんの言葉で締めたことに、何だかわけもなく感激していた。

以前にいただいた大野誠夫さんの遺稿エッセイ集『桃花抄』（短歌新聞社　一九九六年）には、「方外感」という言葉が何度も出てくる。自他ともに無頼派と認めていた大野誠夫さんは、常に社会の枠組みの外側意識、「方外感」を持ち続けてきた人である。それは同時にまた、透徹した眼で真実を社会の外側から洞察してきたことの矜持《きょうじ》であるとも言える。真実は外側からでなければ見えない、と言っているようでもある。この透徹した眼はまた、文学とは全く異なる医学の分野で曜吉さんが真実を洞察する時の眼と重なる。やはり、曜吉さんの身体の中では、セーフさんが生きていた。死者は生きているのである。

　講演の後の立食パーティーは、その多彩さで私たち同窓生を驚かせた。法医学系の医学者は当然として、弁護士、法学部教授など法曹関係者、警察関係者、新聞、出版、テレビといったマスコミ関係者など、医学者の講演会とは思えない異分野、異業種の人々が一堂に会して談笑している。なるほどこうした異なる領域の輪の重なるところで曜吉さんは仕事をしてきたのかと、今さらながら頭の中で法医学という世界の具体的な像が結んだような気がした。

　翌日、私は昨夜のお招きのお礼を伝えるメールを送った。返信には「着物で見えたので、何だか感激してしまいました」と書いてあった。そう言った時の曜吉さんが、まさか子どものころ家で母が出した砂糖入りの麦茶を思い出していたはずはないのだが、そのとき私は、やはり母の着物を着て行ってよかった、と思ったのだった。

逝《い》き方の思想

マティス――たゆみない革新の精神

二〇二三年、上野の東京都美術館で開催されていたアンリ・マティスの大回顧展を見た。画家の初期から最晩年の作品までを一望できたのをきっかけに、創作に携わる人間が最期を迎えた時の、「逝き方の思想」について考えてみた。人はひとりの例外もなく必ず死を迎えるのだから。

マティスの絵は好きなので、今までにもさまざまな場所や画集で目にしてきた。とくにマティスに関心のない人であっても、一般に触れる機会の多い画家のひとりである。しかし、今回の大回顧展は今まで見たことのない初期作品からドローイング、彫刻、切り絵、最後に設計したロザリオ礼拝堂まで、量質ともにたっぷり充実の展覧会だった。

よく知られている色鮮やかな室内風景や切り絵の青い裸婦像は後期の作品であることがわかる。しかし、そこに至るまでの軌跡が面白い。初期、中期の、シンプルで迷いのないドローイングや大胆な構図の女性像、実験的な彫刻作品。一転、大病を患い不自由な身体になった晩年には、座ったままで創作に取り組むことのできる切り絵の世界を新たに開拓する。今やマティスの代名詞とも言える切り絵の作品群「ブルーヌード」やリズミカルな即興演奏を思わせる「ＪＡＺＺ」シリーズは、晩年になってから築き上げた輝かしい一時代の成果だ。

作品を一望して特徴づけているのは、たゆみない革新の精神である。求める高みに至るために、自分の過去の作品や作り上げたものを惜しげもなくくつがえし、打ちこわし、さらに新しい扉を探りあて、拓《ひら》いてゆく。自分自身を乗り越えていく革新力。

マティスが第二次世界大戦の戦乱を避けて人生の最晩年に選んだ地は、地中海を見おろす南フランスの小さな村ヴァンスだった。一九四七年、この地で戦禍により焼け落ちた礼拝堂の再建を相談されたマティスは、無償で引き受けることにする。人生最後の作品と定め、みずから「生涯の最高傑作」というロザリオ礼拝堂の、内装と設計である。

集大成となったこの礼拝堂のステンドグラスは、地中海から斜めに射しこむ光を受けて建物内部を鮮やかなマティスの色と形に染め上げ、海、風、太陽の光と一体となった至福の空間を浮かび上がらせる。自然と溶け合った究極のミニマリズム。

マティスはこの清澄な逝き方を、みずからの意志で選んだ。享年八十六歳だった。

藤田嗣治《つぐはる》——すべてを受け入れた静寂

パリから急行列車で一時間半ほど、壮大な大聖堂で知られる郊外の街ランスにその小さな作品、フジタ礼拝堂はあった。第一次世界大戦前からパリで活動し、独自の「乳白色の肌」の裸婦像などによりエコール・ド・パリの代表的な画家として名声を高めた藤田嗣治。狂乱の一九二〇年代にはパリ画壇の寵児《ちょうじ》としてもてはやされた。戦前の日本の芸術家の誰もが憧れたパリで、誰もがうらやむ大成功をおさめた画家である。

やがて日本が戦争に突入すると帰国を余儀なくされ、国家総動員法により戦争協力を迫られる。藤田は当時の多くの画家がそうしたように従軍画家として戦意高揚の絵を描くことになる。その後、陸軍美術協会理事長に就任。

ところが、戦争が終わると状況は一変する。戦時中は名だたる画家の多くが戦争画を描いていたにもかかわらず、藤田は連合国側から厳しい戦争犯罪追及のターゲットとされる。画家仲間の中からも藤田を糾弾する者が数多くでてきた。若くしてヨーロッパ画壇で大成功した藤田と、遠くからその成功を羨望《せんぼう》の目で眺めていた日本の画家たちの間には理屈を超えた深い溝があったということである。仲間の芸術家たちに裏切られた藤田は、責任を一身に負わされた形で日本を後にする。妻とともにフランスに向かった藤田は一九五五年にフランス国籍を取得し、やがて日本国籍を抹消すると、ランスの大聖堂でカトリックの洗礼を受け、レオナール・フジタになった。

ランスへのオマージュとして礼拝堂を建てたいという彼の強い希望を実現に導いたのは、洗礼の代父も務めたフランス人の友人だった。シャンパンの産地としても広く知られるこの街の酒造会社の社主であったこの友人は、敷地の提供と資金面でフジタを支援した。こうして、フジタが波乱にとんだ人生の最後にランスの街に建てたのがフジタ礼拝堂である。入り口をはいってひと目で見渡せるほどの小さな空間は、四方の壁のフレスコ画もステンドグラスも、全面がフジタの宗教画でおおわれている。独特の乳白色の肌や西洋風の顔立ち、画風は変わることはない。しかしここに一歩足を踏み入れると、まるで日本の息づかいが聞こえる和の空間のような錯覚を覚える。

フジタはここで、時代に翻弄《ほんろう》された激動の人生で起こった出来事も、出会った人々も、数奇な体験も、すべてを静かに受け入れているようだった。祖国の空気をたたえた静寂の空間。フジタが最期に手に入れた心穏やかな終わり方は忘れがたく、強い印象を私に残した。一九六八年、八十一年の波乱の生涯を終えたフジタは、最期の作品であるこの礼拝堂に埋葬された。

フジタ礼拝堂の外観と
宗教画が描かれた内部

坂本龍一――原初にかえる

二〇二三年三月、がんのため七十一歳で亡くなった音楽家の坂本龍一さんは、余命を宣告されて以来数年間というもの、自分はどうやって自分自身を終えようか、といつも考えていたという。

現代において七十一歳の死はあまりにも早い。しかも余命宣告をされ、死ぬまでの年月を指折り数えなければならない。身体は病巣に蝕《むしば》まれているが、精神は老いてはいない。音楽家として自分の創作活動をどのように閉じていきたいのか、終えていくべきなのか、「逝き方」の選択が迫られていた。

死に至るまでの間に、自身の半生と思考をロングインタビュー*に答えてたどり、残りの時間を最後の創作活動にあてる覚悟が語られる。また、残された言葉のうちのひとつ、NHKの「スイッチインタビュー」(二〇一七年六月放送)では、生物学者の福岡伸一さんとの対談で、自分の目指しているものについて言及している。このインタビューと対談の内容から、「坂本龍一の逝き方」を見る。

坂本龍一さんは私から見るとちょっと上の世代の同時代人。コンサートに足しげく通ったわけでも数多い作品にさほど詳しいわけでもないが、世界の音楽シーンを舞台に活躍するRYUICHI SAKAMOTOの作品も活動も、リアルタイムで体験してきた。

イエロー・マジック・オーケストラ(YMO)でデビューし一世を風靡するまでの二十代の生活や写真は、私の世代では街や大学でごく身近に見かけた芸術家肌のヒッピー風お兄さんだ。しかしこの原石は、発見されるやいなや非凡な才能を一気に開花し、みるみるうちに世界的な音楽家となっていった。

　クラシック音楽の基礎をもとにテクノポップ、民俗音楽などあらゆる既成のジャンルの壁を軽々と飛び越え、いわば「RYUICHI　SAKAMOTOジャンル」を創り上げた。一九八七年には映画「ラストエンペラー」で日本人初のアカデミー作曲賞を受賞したのをはじめ、世界的な音楽賞を総なめにした。

　明晰な頭脳で自己分析し、言語化された音についての抽象的な想念は研ぎ澄まされている。自分は最後にどのような音楽にいたり、終わっていくのか。答えは、究極の自然の音に、近づいていきたいということだった。

　本来世界は、「ノイズ」と名づけられる前の、ノイズだけの空間だった。そこから人間がある音を抽出することにより、私たちがいま考えている「音楽」を作り出し、やがて人は耳慣れた「音楽」と呼ばれる音以外をノイズと思うように慣らされてしまった。

　科学者である福岡伸一さんのわかりやすい比喩によると、それは夜空の星座と同じだ。空に浮かぶ星は、それぞれの距離も奥行きも全く違う。そもそも光は何万光年の彼方からやって来ていて、人間が見ている今現在はその星はもう存在しないかもしれない。しかし人間の脳はそこからめぼしい点を結んで、オリオン座やさそり座などと名前をつけて平面的な星座という点の連なり、秩序だった図を描き出してきた。しかし、人間はこのように抽出されたものであることをつい忘れてしまい、星座という、宙に張り付いている平面の図が本物だと思ってしまう。音楽もそれと同じ理屈だという。

坂本さんはまたこんな言い方をする。作曲とは、もともと無いものにロゴスとして音符をつけて抽出し、形を与えていく作業である。自分はそのロゴスの前の姿、ロゴスとして抽出される以前の、元にあった「原初の音」に戻っていきたい。

死に至る日々、日記を書くように作曲していた音楽スケッチから十二曲を選び、最後に一枚のオリジナルアルバム「12」にまとめている。このアルバムを聴くと、音楽家の強い意志であった「原初の音」を残して、坂本龍一は消えていったことが良くわかる。

＊『ぼくはあと何回、満月を見るだろう』（新潮社　二〇二三年六月）

無事、生還す

聞くところによると、大正九年から十二年生まれの男性が日本における戦争犠牲者の人数の最も多いグループだそうだ。私の世代の親に当たる年齢である。私自身も、父方の叔父と母方の叔父がそれぞれひとりずつ戦死し、ふたりはこの生年グループに含まれるはずだ。大正四年生まれの父は無事、生還した。

同世代の友人の間でときおり父親の年齢の話が出ると、出征したかどうかが話題になることがある。友人の栗原さんがある会合の雑談でたまたま、自分の父親は大正九年生まれでドンピシャリ戦争犠牲者最多の年齢だという話をしたら、頓狂な質問が飛び出した。

「それで、無事に生還されたのですか」

あなたの眼の前に証拠があるではないか、と思いながらも栗原さんは笑いをこらえて答えた。

「はい、私が存在しているということは、そういうことです」

栗原さんは数多の犠牲者に思いを馳せると、運良く生を受けた人間としてこの幸運を世の中に還元できたかな、と自省することがあるという。つまり私たち世代の父親は、戦争に行かずにしかも空襲やその他の戦争の犠牲にもならずに生き残ったか、あるいは戦地から運よく無事生還した人だということである。

海に叫ばむ

数年前、長らく直接会う機会のなかった札幌に住む学生時代の友人の宇佐見多佳子さんから案内が届いた。義父である詩人の宇佐見英治《えいじ》さん（一九一八―二〇〇二）の生誕百年を記念して、東京のギャラリーで遺品を中心にした展覧会「スマトラからスタンパへ――宇佐見英治の戦中戦後」を開くという。彼女の夫は私も学生時代から存じ上げている北海道大学教授の宇佐見森吉《しんきち》さん。宇佐見英治さんのご子息で、北大に教職を得て東京から北海道に移住した。パステルナークの詩を専門とするロシア文学者である。

宇佐見英治さんは、彫刻家のアルベルト・ジャコメッティや小説家のヘルマン・ヘッセと近しく交わり、矢内原伊作《やないはらいさく》や小島信夫、辻まこと、画家の野見山暁治《のみやまぎょうじ》とも親しかった文学者だ。私は活字の上でしか存じ上げないが、高名な詩人で文学者であり美術評論家でもある。手稿や書簡、絵画、写真などによって生涯と創作を振り返る回顧展とのことで、私は西荻窪《にしおぎくぼ》の小さなギャラリーに出かけて行った。会場には日記やノート、手稿、校正原稿などに加え、ジャコメッティのスナップ写真、彼による宇佐見の石版肖像画、ヘッセから贈られたという詩と水彩画など、まさしく貴重な遺品が量質ともぎっしりと展示されていた。

久方ぶりに会った友人夫妻によると、東京の家に残されていた父親の書斎を整理していると、段ボールの中から戦時中の原稿や日記がごっそり出てきた。子どもたちが初めて見知ったことも多かった。貴重な記録でもあり、生誕百年を記念して今回の企画の運びになったのだという。

一高時代より短歌や小説の創作を通して文学活動を始めた宇佐見は、大学三年生だった一九四一年十二月八日、真珠湾攻撃のまさしくその日に徴兵検査を受けて入隊し、ほどなく大学は繰り上げ卒業となった。一九四三年、スマトラ島防備に派遣される。*戦地へは『万葉集』と『立原道造《たちはらみちぞう》詩集』を携えて行った。

一九四五年、宇佐見の部隊はビルマのインパール作戦で大敗した部隊に替わって、雨期の間にビルマ高地を目指す作戦を命じられた。南下してくる英軍戦車部隊を迎撃するためである。出発直前の同年四月、宇佐見はバンコックでコレラに罹患して入院。死の瀬戸際を彷徨《さまよ》った果てに九死に一生を得る。その後、部隊は弾薬を船底に積んだ小舟やトラック、荷車を乗り継いでビルマはシャン高原の最前線にたどり着く。そこに大隊のみが残された。やがて、八月十六日。唐突に無電で終戦を知る。

帰還後、宇佐見は固い意志をもって短歌を詠むことを封印する。戦後は明治大学教授を務めながら文学と美術評論の場で活躍した。一九六〇年パリ留学中には、その後の創作、精神活動に深い影響を及ぼした彫刻家ジャコメッティとの大きな出会いがあった。展覧会名にある「スタンパ」は、ジャコメッティの生家で仕事場のあるスイスの僻村の名である。

一九九六年、五十年の封印を解いて『戰中歌集　海に叫ばむ』を刊行し、かつて戦地で詠んだ歌を蘇《よみがえ》らせる。戦後半世紀を経てようやく、「自分の遺作を自分が生き残って讀んでいるような感じ」を覚えて刊行に至ったという。

椰子林の月明り道ふみゆかばかの海に出むくににつづく海に
胸のうちに抑へたまれるこの思ひ血を吐くごとく海に叫ばむ

せめてわれ曠野に弾丸《たま》浴び飛び散らむかくも醜き死は耐へがたし
人の忌むコレラに死すと人聞かば蟲けらのごと捨てられ去《い》なむ
死にゆかむいのちを耐へてふたたびを光の朝に目覺めけるかも

野に遊ぶ鳥獣《とりけだもの》も寄りて聞けああ沖縄はつひに陥ちたり

人と人故《ゆゑ》なくいのち殺《ころ》しあふ戦《いくさ》に馴れて三年經ちたり
わが死骸《むくろ》骨片となり散る日見ゆ夜毎《ごと》露おくこの草叢《むら》に
道の邊《へ》に骨と朽ちゐむわが姿がまじまじと見ゆまなこの底に
わが歌は人にきかする歌ならず草よ雲よわが歌を聞け
ビルマ國シャン州深き草むらにやがて消ゆべしわれとわがとも

死ぬ日まで戦《いくさ》やまずと思ひしを戦《いくさ》やみたり終りしといふ
(『戦中歌集　海に叫ばむ』宇佐見英治著　砂子屋書房　一九九六年)

＊戦場に本を持ってゆくのは千本針のようなお守りとは違い、自分は他人とは違う、他人に知られない秘密の国の住人であるという証でありこの生を「私人」として全うしたいという念願だと宇佐見は書く。そして万葉集は、戦争が何度起きようと損なわれることのない「日本語の格調と力感の宝庫」であり、立原の詩集は同世代の自分の青春の日々、その翳《かげ》りと光を語り掛けてくる最も身近な詩集だったという。
(『言葉の木蔭――詩から、詩へ』宇佐見英治著　堀江敏幸編　港の人　二〇一八年)

封印

宇佐見は「戦争の衝撃があまりに強烈だった」ゆえに、戦後二度と短歌を作るまいと決心した経緯を次のように説明している。

「毎朝歌わされた『海ゆかば』の曲調、また先輩詩人や歌人が戦中にかけて次第に理性を失い、鬼畜米英というような語を詩人と稱する徒が用いるようになったこと、韻律が蔵する魔力と思考の放擲、定型詩のもつ本来の秩序と轉結等について、反省し、なぜ日本の詩歌だけが非人間的戰争謳歌に向ったかを究めねばならぬと思ったからである。そのためには集團的狂氣に抵抗しうる知的で高貴な、明澄な日本語を築きあげること、詩よりもまず散文を確立すること、それが先決であると思われた。」

加えて、このことについてご子息の森吉さんは次のように思いを巡らせている。復員して戦前所属していた短歌機関誌の復刊号を手にした時、宇佐見のことばによると、戦争など「まるで空を過ぎる雲のように」跡形もなく消え、同人たちが病没した師の追憶に生きていることに当時激しく反発したのではないかと。

五十年間短歌から全く疎遠になり、戦後の短歌の趨勢《すうせい》も現代短歌の動向も知らなかっ

た。しかしあるきっかけがあって、書庫の隅で埃《ほこり》をかぶっていた手書きの「戰中歌集海に叫ばむ」を取り出し読み返してみると、

「自身の歌に或る種の新鮮さを感じ、現在はどこにも吹いていない風や光や哀しみがその歌の中に戰いでいるのを感じた」

「戰《たたかい》と韻律、人間の言語と精神圏の進化の關係は、深秘、錯綜、複雑な問題で、歳月を重ねるにつれ、それはわが力に餘る課題であることがわかってきた。と同時に私の眼にはこれまでの詩歌が草の向こうの小川のように親しいものに思えてきた。この歌集が私の眼に多少とも新鮮に感じられるのはその川と光のせいかもしれない。」

(『言葉の木蔭――詩から、詩へ』)

ご子息の妻である多佳子さんによると、生前の義父からはほとんど戦争の話を聞いたことがないという。息子の若い妻を相手に、冗談を言ったり笑い話ばかりをする舅《しゅうと》だったそうだ。ご子息の森吉さんもやはり、父親が戦時の体験について語ることはごくまれだったという。確かに真珠湾攻撃の当日に行われた徴兵検査、九死に一生を得たコレラの罹患、敗戦による投降、武装解除されバンコックまでの徒歩六百キロに及ぶ過酷な行軍など、子どもの頃から折に触れ聞かされてきた話が無かったわけではない。しかしむしろ多くのこ

とがらは隠されているのではないかと不審を覚えることのほうが多かった。父親は晩年には、戦後は余生だと述懐していた。そうした生死をめぐるいくつもの謎を解き明かす鍵が、『戰中歌集　海に叫ばむ』には秘められているのではないか、と森吉さんは考えている。

再生

そして、戦後の暗中模索の長いトンネルに出口をひらいたのは一九六〇年のヨーロッパ留学であり、間違いなくその目的であったジャコメッティとの知遇であった。

宇佐見はヨーロッパ最後の日々をジャコメッティ夫妻に招かれ、彼の仕事場であるスイスの僻村スタンパで過ごす。ジャコメッティの思い出を綴《つづ》った短文「法王の貨幣――ジャコメッティの思い出に」には、彼との出会いがもたらした衝撃と、精神に与えた転換が詩人らしい繊細で硬質な筆致で描かれている。この小文は次の文章で終わっている。

「一刻も早く、東京へ帰り、私も仕事をせねば、一日も早く仕事にかからねばと思った。大切なのは土地でもなく風景でもなく、文化や文明の質でもない。大切なのは、創造に仕えること、仕事をとおして生成の鼓動をききとり、世界と一体になることである。大切なのは人間であり、愛であり、中心を目指す方向、極限を生きつらぬくことである。胸にわきのぼるさまざまな思いを反芻しながら、私は涙に曇った眼で車窓が暮れてゆくのを見ていた。」

その後の宇佐見の仕事ぶりは、森吉さんによると次のようなものだった。帰国した一九六〇年当時、宇佐見は美術評論家として知られていたが、帰国後ジャコメッティについて書くことはむしろ稀《まれ》だった。同時に美術評論家とか詩人とか呼ばれることにさほど重きをおかなくなっていった。ジャコメッティとの出会いが宇佐見の中で後半生を決定づける大きな転換点となっていたのは間違いない。晩年になって、『戦中歌集　海に叫ばむ』の出版をはじめ、戦中の体験に回帰していく作品をいくつも書くことになる。

戦後は余生だと述懐していた宇佐見英治は、二〇〇二年に永眠するまでの年月を、「創造に仕えること、仕事をとおして生成の鼓動をききとり、世界と一体になること」そして、「人間であり、愛であり、中心を目指す方向、極限を生きつらぬくこと」を大切に遂行し、偶然と奇跡によってもたらされた生を全うした。

宇佐見英治の辞世の句である。

骸骨になりてまろやか世にいたり

最後の歌集『朝茜』

父の最後の歌集『朝茜』を開いてみる。あとがきには次のようにある。

「今年六月三十日に、私は満九十二歳となる。そこで第二十歌集『朝茜』をまとめた。すなわち二十冊目の歌集である。

この期間、坦々と生きてきた、といいたいところだが、ときにいささか波風もたって、心おだやかならぬ日々もあった。しかしありがたきかな、なんとかここまできた今日、さて、ここでひとくぎりつけ、あすまつしばし、ああそうだ。

おもいひそませひとりのあゆみゆくさきにほうと黄なる月のぼりくる

とかつて歌った、そういった心境にある、ということなのであろう。

平成十九年三月　　加藤克巳」

歌集の一首目は、

なみよろう山の一かくからおしいでてゆうゆうのぼる　きょうの太陽

歳を重ねてより自在に、より自由に、漢字は山と一と太陽のみ、ひらがなの歌である。自然の中にもどっていったということだろうか。このようにして終えたいという意志であったのかと思う。

この三年後に、父は永眠する。

Ⅱ　もうひとつの昭和

「幾春かけて老いゆかん——歌人馬場あき子の日々」を見て

ドキュメンタリー映画「幾春かけて老いゆかん——歌人馬場あき子の日々」を観た。馬場あき子さんの九十三歳から九十四歳の日常を追っている。随所に挟まれる言葉が、痛快、辛辣《しんらつ》、チャーミング。

シャッ、シャッ、シャッ、シャッという音と、画面の半分もある背中からこの映画は始まる。シャッ、シャッ、シャッは、選歌しているはがきをさばく音だ。右側に積まれた朝日歌壇の投稿はがき約二千枚の山から一枚ずつ選んで脇に除け、その他は左の山に積み上げていく選歌の風景。私には既視感があり、見慣れていた父の選歌風景と同じである。

画面では、監督の田代裕《ゆう》さんの質問によどみなく歯切れの良い言葉で答えていく。「テレビではお笑いを見ますよ。世の中の先端が見えるから。今のお笑いは人を傷つけなくて優しい。昔は人間に対する信頼関係があったから、怒鳴られても大丈夫だったのよね」

なるほど、常に世の中の先端を見つめているから「幾春かけて老いゆかん」と言っても精神が老いゆく様子は全くなく、「良い歌とは、今を感じる歌」という言葉に繋《つな》がる。

「虫が好きなの。顔が面白いでしょ、誰かしらに似ているのよ」「人間そのものが絶滅しそうな今という時代の中で、虫が見せてくれているわけよ、どうやって絶滅するかを」生きとし生けるものに対する、時間を超えた透徹したまなざしがある。どの言葉も照準が絞り込まれてぴたりと決まり、聞く者の心をつかむ。

「中学校教師の頃、教えるのは本当に楽しかった。とくに少年たち」

中学校教師時代の様子については、中学校の教え子だった南アジア史研究者の中里成章《なりあき》さんからうかがった話を第Ⅰ章の「国語の授業」で書いた。エネルギッシュな岩田暁子《あきこ》（本名）先生の、レベルの高い国語の授業の話である。教える側が楽しいと思って教えていれば、楽しさは必ず伝わる。生徒に人気があったはずだ。映画の中で監督が、「先生おモテになったんじゃないですか?」と訊《たず》ねるシーンがあるが、当然モテたはずである。

歌人の玄関

しかしこうした密度の高い言葉の数々もさることながら、私がこの映画を見て印象的だったのは、玄関だった。「かりん」の坂井修一さんを迎えるシーンで、ちょっとだけご自宅の玄関の様子が映し出される。ドアに向けて映された玄関ホールの壁際には、積み上げられた本の山脈が見える。リビングへのドアを入ると、応接セットのあるコーナーと、ダイニングテーブルのあるコーナーがひとつになった広い部屋があり、馬場さんは主にこのダイニングテーブルで選歌や執筆の仕事をしているようだった。応接セットの方で資料の整理などをしている「かりん」の会員たちは、先生と言葉を交わしながら作業をする。昼食も、このダイニングテーブルと応接セットに分かれてみんなで一緒にとる。リビングルームにも壁際に沿って本の山が築かれ、テーブルには原稿の執筆に必要な資料や書類が積まれている。

建物の構造とか間取りとか形の話ではなく、家が醸し出す佇《たたず》まいや流れる風の匂いが、誠に僭越《せんえつ》ながら、父が生きていたころの実家のそれと似ている。その後のシーンに出てくる書庫の本の置き方並べ方にいたるまで、どこがということなく同じ空気を感じる。

以前にテレビのドキュメンタリー番組で歌人の永田和宏さんのお宅が映し出された時にもこれとまったく同じことを感じた。リビングから庭に向かった大きな掃き出し窓、二階に上がる階段の一段一段に積まれた本や、本がいれてある段ボール箱。画面から感じる風や匂いといった目に見えない何か。

家にはその家の匂いがある。商人の家には商人の、教師の家には教師の家の佇まいがある。子どものころ、本をたくさん紹介してくれる読書家の友だちがいた。その子の家には本があふれているに違いないと思って遊びに行ったら、部屋には本どころか物自体が少なく、四角くスッキリ整理されているのに驚いた。父親の仕事の関係で引っ越しが多いから本は買わない主義で、図書館で借りるのが習慣だという。

両親ともが文学者という作家の中島京子さんは子どものころ、姉と出版社ごっこをして遊んでいた。編集者の出入りの多い家の子が思いつく遊びである。

小学生のころ、家に遊びに来た友だちが玄関からはいってきて怪訝《けげん》そうな顔でつぶやいた。

「玄関に本がある。片づけないの?」

建て直す前の古い家の玄関には、上がり框《かまち》から上がった左手に小ぶりな木の本棚があり、「個性」のバックナンバーが並んでいた。その脇には本や段ボール箱があたりまえのように置かれていた。

　これが普通の家の玄関だと思っていた私は、友人の「片づけないの？」にちょっとネガティブな匂いを嗅《か》ぎ取って、それ以来友だちの家に行くたびに玄関を観察するようになった。確かに「普通の家」の玄関は、来客に向けてすっきり整理され、広い玄関であれば花が活《い》けられ額などがかけてあり公式な家の顔をしている。たとえ狭かったとしても、そこは玄関の役割をよく理解して余分な物は置かれていない。何かにつけて「普通でない家」の子どもであった私は、いつもこうして人の家と自分の家の在り方をさもしく比較しては、何だかうちは変だなぁ、と思っていた。すっかり大人になって「普通の家」などというものはどこにもないことを知った今となっては、この「普通でない」玄関を「歌人の玄関」として思い出す。

建て直す前の実家の古い玄関

自由と自立

ラジオからこんな話が聞こえてきた。作家の高橋源一郎さんの母は大正十五（昭和元）年生まれ。尾道《おのみち》の裕福な商家の生まれでのびのびと幸せな少女時代を送った。しかし、結婚してからは苦労の連続だった。夫は事業に失敗して生活が荒れ、やがて出奔してしまう。彼女はいくつもの仕事を転々としながらふたりの子どもを育て上げた。リベラルな両親に育てられたためか「耐える女」ではなく自分の力で運命を切り拓《ひら》く女性だった。子どもの頃から商家で女性が働く姿をみていたので働くことはいとわなかった。

やがて長男の源一郎さんが仕送りをするようになり生活には困らなくなった。それでも、七十を過ぎても帽子を売る仕事を見つけて来て働くという。「お母さんもう働かなくていいよ、仕送りも増やすから」と言っても耳を貸さず、オシャレをして元気に働きに出た。そして曰《いわ》く、

「自由と自立がなくなったらおしまいやで」

この母は、娘時代の終戦の年のある日、尾道から広島に用事があって汽車の切符を買うために並んでいた。ちょうど自分のひとり前で切符が売り切れてしまい、仕方なくあきら

めて自宅に戻った。家に帰って西の空を見あげると、見たこともない大きなキノコの形をした雲が空にそびえたっていた。昭和二十年八月六日の朝、広島の空だった。

こうした、文字通り紙一重、切符一枚で命をひろう経験をした人の、身体に染みついた度胸はちょっと桁《けた》が違う。「自由と自立」という言葉だけを羅針盤に、堂々と人生を切り拓き、生き抜いていくことができる。

大正ひと桁生まれの特徴については前にも書いたが、昭和ひと桁生まれの、とくに女性にも共通項がある。戦時中に青春時代を過ごし、終戦の年に十代後半から二十歳という世代だ。焼野原とどこまでも高い空だけの中で、先行するロールモデルのない社会に放り出された。仕事も生活も、あらゆる場で、ゼロどころかマイナスから積み木を積み上げるようにして生きて行かなければならなかった。

こうした若い時代と環境の中に、若さとエネルギーだけを持って社会に飛び出していった女性たち。戦前の古い社会常識から解放され、白いキャンバスに自由に絵を描ける環境は、語弊があるかもしれないが、どんなに楽しかったことだろう。

男性たちは敗北に打ちひしがれ自信を喪失している。一方、女性は戦時中、勤労動員をはじめ男のものだった仕事にかり出され、徒手で銃後を護《まも》ってきた。こうしておのずから社会的な自信をつけた女性たちは、焼け跡の明るい空を見上げながら、新しい領域につぎつぎと進出していった。

日本に限らず戦勝国のアメリカでもイギリスでも歴史的に同様の現象が見られた。戦時中に工場やオフィスのさまざまな領域に進出して自信をつけた女性たちが、戦後多くの分野で活躍するようになる。フェミニズムの流れは、ここを原点として戦後の系譜を形成していく。

こうした女性たちの一例は、デザイナーの森英恵《はなえ》さん（大正十五年／昭和元年生まれ）だ。結婚後、ドレスメーカー女学院に通って洋裁技術を身につけ、新宿のラーメン店の二階に洋装店を開き、やがて世界のハナエ・モリになっていく。洋裁は戦後の女性たちにとって最も身近な仕事だった。私の友人の母は、兄が戦死したため長女として一家を養う必要から洋裁店を経営していた。ほかにも子どものころの友人の母で洋裁関係の仕事をしていた人を私は何人か知っている。

澤地久枝さん（昭和五年生まれ）は、大学の夜学に通いながら出版社に勤めて編集者になった後、ノンフィクション作家となる。向田邦子さん（昭和四年生まれ）は雑誌記者を経て脚本家となり、直木賞作家になる。茨木のり子さん（大正十五年／昭和元年生まれ）は医者であった親のすすめで薬剤師の学校を出るが、脚本家を経て詩人となり、こう詠《うた》う。

「…もはや／できあいの思想には倚りかかりたくない（略）／もはや／できあいの権威には倚りかかりたくない（略）／じぶんの二本足のみで立っていて／なに不都合なことやある…」

（『倚りかからず』より）

この世代の女性には、特有の「自由と自立」の精神が身体の芯を貫いている。頭上に覆いかぶさっていた重たい蓋《ふた》が突然はずされ、底抜けに青い空を見てしまった。社会のどんな領域に進出しようと後ろ指をさされることなく、現実を自分の手で切り拓いていった。戦後日本の多くの分野で復興を支えたのが、男女を問わずこの世代であることは歴史的な必然である。しかし、参政権すらなかった女性の道に未知のページを拓いていった女性たちの活躍は、特筆に値する。

さて、馬場あき子さんは昭和三年生まれである。「熾《おき》」（二〇二三年七月号）のインタビューに答えて、こんなことを話されている。

近代短歌はほぼ男性のものとされていて、女流歌人は男性に師事し男性の目で批評され、与謝野晶子以降、恋や恋を背景とする抒情《じょじょう》を詠うことを期待された。

馬場さんたちはそれにとらわれず、戦後歌壇の道なき道を切り拓いてきた。復興は日々進み、世の中は刻々と変化していく。現実の混沌《こんとん》の中を手さぐりで男も女も共通の生き方を探る中で、何の差し障りもなく自分の歌を作ろうと思えた「とても幸せな時代でした」と言う。

こうした出発をしたからこそ、今も自由で何処《どこ》の系譜にもとらわれない。「誰にも師事しないけれど、誰にも師事している」状態で、信じたものを取り入れる、いいと思ったものを取り入れることができるのだと言う。

馬場さんの身体の芯にも、やはり「自由と自立」の精神が貫いているに違いない。

歌詠みの女性

子どもという生き物はひょんな思い込みをしていたり、思いもよらない大人の話や行動を見聞きしていることがある。

二十年程前のある日、小学生だった娘が友だちの家から帰ってきて食卓で報告をした。

「きょうMちゃんの家に遊びに行ったらね、お母さんがスッポンポンで玄関に出てきたのね……」

「えっ?　?　?」

よく聞きただしてみたら、お化粧をしていない「スッピンで」出てきたということだったので、家中で大笑いになった。

単に聞こえる集音機能が違ったり視界が違うということもあるだろう。が、それだけではなく、世の中の常識や社会の規範に侵されていないやわらかい感覚が、大人には聞こえない音に聞こえる、見えないものが見えるということがあるのかもしれない。

私が子どものころ、家での父と母の何気ない会話の中から、なぜか頭の中に長いこと住みついてしまった話題があった。「ご主人を亡くされた」歌を詠む女の人の話である。

「ご主人が戦死して、おんなでひとつで働きながら三人の息子さんを立派に育ててきた○○さん」

「△△さんは、ご主人を亡くされてから手に職をつけて働きながらひとり娘を育てあげた」

なんとなく聞きかじっていたこんな話の中で使われる「おんなでひとつで」という言葉は、「女でひとりで」の言い間違いなのではないか、と私は長い間思っていた。「女手ひとつで」と知ったのはずいぶん後になってからのことである。

そんなわけで、私は子どものころ、「歌を詠む人にはご主人を亡くした女の人が多い」と勝手に思っていたし、「個性の会にはご主人を亡くした方がたくさんいる」と思い込んでいた。たまたまそうした方が何人かいらしたというだけで、「個性」の会が特別そうした方が集まる会であったはずもないのに、子どもというのは、ほんとうにしょうもない妄想のかたまりである。

そんなことを考えていたら、たまたまこういう本を見つけた。

『この果てに君ある如く――全国未亡人の短歌・手記』*（中公文庫　昭和五十三年）

この本はもともと昭和二十五年に中央公論社から刊行された本の文庫版である。

あとがきによると、当時全国に未亡人とされる女性が百八十万人、うち戦争未亡人とされる女性が約三割の六十万人いた。そこで昭和二十四年、「婦人公論」誌の企画の一つとして全国の未亡人に短歌と手記を募ると大きな反響があり、寄せられた短歌は四千首を上回った。選者は窪田空穂《くぼたうつぼ》、斎藤茂吉、釈迢空《しやくちようくう》、土岐善麿《ときぜんまろ》の四氏が務めた。そうそうたる面々である。その後単行本に編まれた短歌は、二百首余りとなった。文庫版の解説で窪田章一郎氏は次のように書いている。

「敗戦から立ちあがり、新しい日本の再興に向かった頃、戦争中の反動として、それまで盛んであった短歌は衰運をたどるのではないかとも考えられたが、事実はその反対で、全国の都市・農村に短歌のサークルが生まれた。工場や会社などのあらゆる職場にも同好者の会が結ばれた。そして歌壇には新しい短歌雑誌があいついで刊行されるようにもなった。昭和五十年間のアンソロジーを編集しようとする時、この一時期は最も充実と昂揚とを示したと言っても誤りない。」

こうした時代を背景として、戦争で夫を失った妻たちが、背負わされた哀しみや喪失感や怒り、生きていくことの辛《つら》さや苦しさを歌に詠み、「婦人公論」の企画に応募したというのである。

父は終戦直後の昭和二十一年に「鶏苑《けいおん》」を共同で創刊、二十八年に「近代」を創刊し、後に「個性」へとつながる。先の解説と時代がピッタリ重なり、その背景が鮮明に像を結んでくる。私が父と母の話をかたわらで聞きかじっていた子どものころは昭和三十年代が中心だが、人々の生活や人生や心の中には当然、たとえ形には見えなかったとしても、まだ戦争が色濃く影を落としていた。私は幼いころ砂場で、デコボコになった軍隊の飯盒《はんごう》を使ってママゴト遊びをしていた記憶がある。北浦和駅の近くの街角で白装束の傷痍《しょうい》軍人がアコーディオンを弾いていた音も記憶の底に残っている。

とすれば、「個性」の会に「ご主人を亡くされた方」がたくさんいる、と子どもの私が思いこんでいたのは、時代背景から考えるとあながち的外れな妄想とも言えないかもしれない。実際、「個性」の中の何人くらいの方が戦争で夫を亡くされた方なのかはわからない。ほかの結社より特に多かったわけでないのは、言うまでもないことである。

＊「未亡人」という言葉は、語源的にも女性の社会的地位の低かった家父長制社会の名残として、現在は不適切用語とされることが多い。例えば、朝日新聞では一九八八年より「性差別用語」に指定された。本稿では過去に出版された本で使われた言葉として引用している。

橡《とち》の実

こうした、戦争で夫を亡くした方の心の渇きを癒《いや》すための作歌は別として、「歌を詠む」ということについて、私はつたない人生経験を経て思いいたったことがあった。

父が亡くなったのは高齢者施設で、その後、葬儀の日までの何日かを自宅で過ごした。もちろん遺体である。横たわっている本人が家に帰ってきたことなど知るはずもないのだが、たくさんの花に囲まれいつも過ごしていた部屋に帰ってきた父の顔は、安心して眠っているようだった。この間、弔問客が入れ代わり立ち代わり父に会いにみえた。

その中に、小さくかがめた背中をご子息に支えられ、門から玄関までの敷石をよろけながら歩いてみえた高齢の女性がいた。この方は部屋に上がって父に対面すると、さめざめと涙を流し眠っている父に向かって語りかけた。

「遅くなって申し訳ありません。亡くなった先生にお目にかかるのが怖くて、なかなか来る決心がつかなかったんです。先生がいらしたから、私は今まで頑張ってこられたんです……」

その女性は、北川朋子さんこと関東図書の社長をされていた岩渕綾子さんだった。ここでは歌人としての北川さんの話ではないので、本名の岩渕さんとする。第Ⅰ章の「奇遇」で出てきた、ドイツ文学者で俳人の檜山哲彦さんの義母にあたる方である。

岩渕さんはご主人を交通事故で突然に亡くされた方だった。警察からいきなり連絡があったのだという。ご主人は、かねてより考えていた出版業を始めるため印刷出版会社「関東図書」を興してようやく軌道に乗りはじめたころだった。妻である岩渕さんご自身は、会津《あいづ》で女学校を出て当地で数年間教師をされた後に結婚したので、印刷や出版、経営についてはずぶの素人で途方に暮れるほかなかった。しかし「四人の子どもを育てなければならない、主人の夢も実現したい」と意を固めると、会社経営の後を引き継いだ。その後「個性」の印刷も一手に引き受けてこられた。文字通り女手ひとつで四人のお子さんを育て上げた方である。

父よりおそらく二、三歳下の同世代。父が亡くなった時はすでに九十代だったと思う。家にもよくみえたので私も存じ上げているお顔だった。色白のうりざね顔、いつもにこやかに優しく上品な笑顔を絶やさないながら、身体の中に芯がまっすぐに通っている風情の方だった。後に聞いたところによると、徳川の上級家臣の血筋で、戊辰《ぼしん》戦争のころの話を曽祖父か祖父からよく聞かされて育ったのだという。なるほどと思った。

ご主人を突然亡くしてから、「個性」に入会して歌を詠むようになるまでの十五年ほどの間、慣れない会社経営の苦しい生活が続いた。

「個性」に入会してからのことを、ご本人がこう書いている（「熾」二〇一〇年九月号　加藤克巳先生追悼特集）。

「夜々胸中のすべてを書き出し、僅かながらも心の安らぎと励ましさえ得て、明日をも生きてゆこうと自分に言いきかせるのだった。

歌数も増え、歌集をまとめて題名をつける段になって困っていると先生は「椽の葉かげは？」とその場ですぐに決めて下さった。」

岩渕さんはその時はっとする。

「先生は私の生き様を見抜いていらっしゃった。」

会社の営業先の埼玉県庁で困ったことがあると、岩渕さんはよく県庁の裏通りの椽の木の下で心をしずめ、気を取り直して会社に戻っていたのだった。

岩渕さんは同じ文章の中でもうひとつ回想している。昭和六十年にオフセット印刷工場を建設した際、式典で父が祝辞を述べた後のこと。笑顔で岩渕さんの傍にやってきた父はころころした木の実を二つ、黙って置いていった。見るとそれは橡の実だった。この時、岩渕さんはふと父の次の歌を思い出した。

うす黄あわあわ木の花ひくく咲きみちてわれにやさしきときはいたるか

『万象ゆれて』

その瞬間、岩渕さんは声なき声を聞いたように思った。

「きみにもやさしいときがきっとくる。橡の実もこんなに実ったよ」と。

こうした話を知る時、人にとって歌を詠むことが生きること、直截《ちよくせつ》に言えば「息をすること」といかに結びついているのかを思わざるを得ない。ありていに言えば、仕事と女ひとりの子育てで寝る間さえ惜しいのに、なぜ敢《あ》えて生活の糧にもならない歌を詠む時間をひねり出さなければならないのだろうか。しかし、だからこそ歌を詠むとも言える。

それは歌であったり詩であったり、絵を描くことや音楽なのかもしれない。人によってはそれは、泳いだりボールを蹴ることなのかもしれない。その人が「息をすること」とイコールの、明日を生きる力を生みだす行為である。
父が亡くなる前に、鉛筆を握る力がある限り枕もとのメモ用紙に歌を書き続けていた時、父は自分の息をそのようにしてつないでいたのに違いなかった。
哲学者の鷲田清一《きよかず》さんは、明治学院大学で学生に特別授業を行った際にこんな話をしている。

哲学には「僕らがこれから生き延びていくため」の大事な役割がある。暮らしやシステムを、ゼロから立ち上げ直さなくてはいけない時代。手放してよいものは何で、はずせないものは何か。それを見極めるための方向感覚は、哲学やアートによって身につけられる。

（二〇一六年四月二十八日朝日新聞朝刊より）

岩渕さんはご主人を突然亡くされたとき、暮らしや生きていくシステムをゼロから立ち上げ直さなければならなくなった。そのとき、自分の進む方向感覚の指針となったのが歌を詠むことだったのではないだろうか。詠むことは岩渕さんが明日も生き延びるために必要な方向感覚であり、短歌は「息をする」ための空気であり水だったのではないかと想像する。

母の話――綾部《あやべ》の家

大正ひと桁世代の女性である私の母について書いておきたいと思い立った。前に書いた馬場あき子さんたち昭和ひと桁の女性たちの一回り上にあたる。

小学三年生までの毎年の夏休みは、母が日本海に近い京都府綾部市の実家に子ども三人連れで里帰りするのが習慣だった。京都駅から山陰線に乗り換えていく綾部の家は私にとってファンタジーの国だった。乗り換える手前の京都市内には母の長姉の嫁ぎ先もあり市内ではお寺や大文字《だいもんじ》の送り火にも連れていってもらったが、それは現実世界の出来事。山陰線の向こう側には全く別の世界があった。

綾部は父の生地でもある。生家が全焼したため父は幼くして隣の福知山《ふくちやま》に引っ越し、キリスト教系の幼稚園に通った。祖父は新しい時代を夢見て、当時見渡す限り田んぼばかりの田舎で乗る人もいないタクシー会社を興したという、進取の気性に富んだ明治人である。長男をキリスト教系の幼稚園に入れたというのも、ハイカラ趣味の祖父らしい。

母も娘時代には教会の日曜学校に通って讃美歌を歌っていたというから、大正期にはキリスト教会の活動や文化がこんな地方の地でも根付いていたということになる。キリスト教の布教は明治から大正にかけての日本の欧米化、近代化や弱者救済に寄与したというが、やがて昭和の軍国主義体制に入るまでのひとときの凪《なぎ》のような時代である。

祖父は福知山でいくつかの事業を起こすが、広い世界へのあこがれから米国シンガーミシンに入社する。小学校に入学して間もない長男の父はその後、祖父の転勤により全国八カ所を転校して歩き、最後に浦和に至った。

母の実家はこの綾部市で漢方薬の問屋を営んでいた。私が小学二年の時に母の実母、つまり私の母方の祖母が亡くなり、小学三年の時にわが家で父方の祖父が脳溢血《のういっけつ》で倒れて在宅介護生活が始まったため、母にも私たちにも綾部の家はだんだん遠い存在になっていった。したがってこれはその前、昭和三十年代前半まで数年間の、記憶の物語である。

昭和三十年代はじめのころ、京都駅から山陰線でさらに二時間も先の日本海側の町に行くのは一日仕事である。新幹線が開業する前には、子連れの足で家を出てから北浦和駅で電車に乗り東京駅まで小一時間、東京駅から京都駅まで特急つばめで約六時間。お盆休みの頃は特急指定券を買うこと自体が大仕事で、駅の切符売り場に朝早くから並んで切符を手に入れなければならない。切符が取れなかった年には、夜東京駅を出発して朝京都駅に着く寝台列車に乗って京都まで行ったこともあった。しかし子どもたちにとって寝台列車体験は珍しく、何もかもが楽しかったことだけを覚えている。

京都駅からは山陰線に乗り換える。当時の山陰線は煙をもくもく出す蒸気機関車で、トンネルでは一斉に窓を閉めるのが決まりだった。車内が煤《すす》だらけになるのを防ぐためである。兄たちの関心事は、特急の名前や鉄道の路線情報。このころの男の子の多くは鉄道が好きな鉄道少年だった。クラスには汽車の時刻表が愛読書だという子、蒸気機関車の型や名前にやたらと詳しい子、好きな路線の駅名をすべて暗記している子などがいた。今でも鉄道ファンは多いが、そのころは乗り物の中でもとくに鉄道に人気が集中していた。私の方はといえば窓から顔を出すと煙でタドンのようにまっ黒になる、トンネルで窓を閉めないと車中が煤だらけになる、と全関心は煙に集中していた。

そして、トンネルを抜けると煙の向こう側に、別世界があった。

母の兄である伯父の店は綾部市本町《ほんまち》の目抜き通り沿いにあった。通りには店が並び、どの店もガラスの引き戸に屋根の低い二階がある。横広の窓がならぶ二階はどの家も同じ高さにそろっている。伯父さんの家に着いたらまず、「コンニチハ」とあいさつをしなければならない。母の兄である伯父は背筋がまっすぐのびた目鼻立ちの大きな立派な顔立ちの人だった。しかし、無口でどちらかというと愛想のないタイプだったので、顔立ちそのものが私には怖いように感じた。漢方薬の問屋だから「熊の胆《い》」だの「マムシの粉末」だの、名前からしておどろおどろしく独特の生薬の匂いのする薬がいくらでもあり、奥には蔵がある。良い子にしていないと苦い薬を飲まされて蔵に入れられる、と一番小さい私はいつもこうしたおどし文句でみんなにからかわれていた。

そのころの子どもたちはよく、「橋の下でひろわれた」とも言われていた。戦災孤児が身近な存在だったから、信ぴょう性のある話だったのかもしれない。伯父さんにちゃんとあいさつができないと蔵に入れられるんじゃないかと思うとますます緊張し、伯父さんの顔はますます恐ろしく見えてくる。店のガラスの引き戸を開けるともう、母の背中に隠れて声が出なくなる情けなさ……。

さて、この家はいわゆる「町屋造り」だった。表通りに面した店には壁一面に作りつけの木の小さな引き出しがビッシリ並び、そのひとつひとつに薬名が書いてある。店の二階には表通りを臨む天井の低い部屋があり、従兄の男の子たちの勉強部屋に使われていた。

ここは母が娘時代にも子ども部屋だったとのことで、おおかたすぐ上の姉と千代紙やお手玉でもしていたのだろう。母は運動神経にはからきし自信がないという割に、私が子どものころは手作りのお手玉をなかなか上手にさばきながら、「おひとつ落としておーさーらい……」とかぞえ歌を歌った。ときおり竹久夢二や吉屋信子、ロマン・ロランやヘッセの名前を聞いたから、ここで少女小説や外国文学を読んでいた姿も想像できる。

右手の土間はまっすぐ裏通りまで突き抜けていて、裏通りに抜ける手前の左手には大きな麻袋が積み上げられ、店の人たちが作業をしていた。作業場の脇は蔵にあたる。台所や水場は「おくどさん」と呼ばれ土間の右手にあり、左手の上がり框を上がると座敷が並んでいる。

掃除が行き届いた客間の床の間にはタイマイという大きな海亀の剝製《はくせい》が飾ってあった。母の父、つまり私の母方の祖父であるこの漢方薬問屋の創業者は、生前よく中国に買い付けに行っていたので珍しい物産がいくつもあった。母は祖父の中国土産だというヒスイのドーナツ型の帯留めを大切に持っていた。

客間の先には中庭に面して磨きこまれた廊下がある。ははぁ、母が子どものころ毎朝学校に行く前に磨いていたのはこの廊下だな、と私は心の中でつぶやいた。大正時代の商家では女子のしつけのひとつだったのかもしれないが、この話は外遊びに夢中の私に手伝いをさせるための作り話だったのではないか、と今は思う。

中庭には植え込みやつくばいがあり、その先に、かの恐ろしい蔵がそびえている。ぶ厚い白壁に鉄の扉、二階には小さな窓がひとつ。蔵に入れられたら泣いても叫んでも外に声は聞こえないと教えられていた。漫画で見るような大きな錠前がかかっていたと記憶しているのは、閉じ込められるのがよほど恐ろしくて私の頭の中で錠前が肥大化したからに違いない。

そして、私にとってこの家のもうひとつの鬼門が「おべんじょ」だった。いま思い出してみると、短い渡り廊下の先に板扉の個室がふたつ並んでいるだけのことだが、夜は蔵を背にした真っ暗な中庭を見ながら廊下を渡らなければならない「おべんじょ」は、ひとりで行くには恐ろしすぎる場所だった。

この家では、大人も子どもも抑揚のあるのんびりした関西弁で話した。普段一緒に暮らしている父方の祖父母も同じこの地方の出身で、特に祖母は亡くなるまで関西弁で話していたから多少は耳慣れていたはずだが、ここでは全員が、

「そやさかいに、こないしたらどうでっしゃろなぁ」

「そら、えらいあきまへんなぁ」

と語尾をのばし歌うように話す。最初は何か注意されても、注意されていることすらわからない。そして私たちの話し方については、

「関東の子ぉらぁは早口で何を言うとるんかようわからへん。怒られてるみたいにきこえるわぁ」

と言われた。

伯父の子どもである三人の従兄の末っ子が私の上の兄と同じ年なので、ここでも私はやはり一番下のミソッカスで女の子ひとりだった。夜寝るときの蚊帳《かや》つり、枕投げという大イベントも、兄たちは従兄たちと修学旅行のように楽しんでいる。しかし私だけは小さいというだけの理由で仲間はずれにされた。実に悔しい。

外遊びも同様で、みんなの仲間に加えてもらえない私は、隣で新薬（西洋薬）の薬局を営んでいた母の姉夫婦の家によく遊びに行った。この家のもうひとりの伯父はロイドメガネをかけ、いつもニコニコと優しく、

「かぁいらしなぁ、かぁいらしなぁ」

と、私と同じ目線で遊んでくれた。

この隣家の従兄もまた、年上の男子ふたりだった。つまりここでは、私の兄ふたりと合わせると総計七人の小学生から高校生までの男子集団の中で、私はいつも女子ひとりなのだった。私の持っていた小さなハンドバッグやよそゆきのストラップのついた靴、花飾りのついた夏の帽子、そしてそもそも女の子であること自体がここでは珍しい。しかし男の子の遊びには加えてもらえない。伯父は、

「こないに男の子に囲まれてチヤホヤされるんも今だけのことかもしれへんで、ハハハ」

と、これまた面白がってカラカラと笑う。普段口数の少ない伯父がたまに口にする言葉

は、漢方薬屋らしく苦みが効いている。もっとも、私にとってはそんなことより、みんなで一緒に遊べることの方が百倍も羨《うらや》ましかった。

しかし、時には仲間に入れてもらえたこともある。わが家ではお正月によく、百人一首のカルタ取りをした。インターネットもゲームもなく、テレビのお正月番組もわずかだった昭和の家庭ではおなじみの光景である。

由良の門《と》を渡る舟人かぢをたえゆくへも知らぬ恋の道かな

父と交代で読み札係をしていた母は、この歌が出てくるたびにふるさとの由良川《ゆらがわ》の話をしたので、「由良川」は幼い頭にもしっかり焼き付いていた名前だった。
その由良川にみんなが泳ぎに行くという。この時は、私が小さい割に泳ぎが得意だったので良しと判断されたのか、仲間に入れてもらえた。当時の私の幼い頭では、「昔の人が舟で川を渡る時に櫓《ろ》を落としてしまいとても困った」ことを詠った歌だと理解していたあの百人一首の由良川で、私は泳ぐのである。昔の歌に詠まれてよく知られているという由良川は、行って見ると私の眼には何ということもない大きな普通の川だった。

さて、後年、由良川を詠んだ父の第二歌碑が川の畔《ほとり》にできた。父にはこうした悠久の時空間を詠んだ歌がある。

山もとのかすむあたりの遠じろの由良川うねる神の代のごと　『万象ゆれて』

この歌碑ができた頃には、あのとき由良川で一緒に泳いだ従兄のひとりが大学で薬学を修め、すでに店の跡を継いでいた。その従兄の幼い娘が除幕式で幕をひいたという。すなわち、あの男の子王国だった家にもめでたく姫が生まれたということだった。

こうして私たちが東から西に向かって特急列車と山陰線を乗り継いではるばるたどった同じ線路を、それからさかのぼること二十年ほど前の秋、二十二歳の母は逆からたどって関東に嫁いできたのだった。

続・母の話

昭和十六年十一月、真珠湾攻撃の一か月前、母は関東に嫁いできた。私たちが綾部の母の実家に向かった東海道本線と山陰線を、逆に向かったわけである。京都市内の下鴨《しもがも》神社で式をあげ、その足で東京に向かったのが新婚旅行だった。

そのころ小田急線の経堂《きょうどう》の軍施設にいた父と母は近くにささやかな新居を構えた。東京に出てきたばかりの若い妻はある時、所用のため電車で出かけた。帰りに小田急線に乗り経堂で降りようとドアの前に立っていると、窓の外を経堂の駅が通り過ぎていく。「たいへん、降りそこねた」と思った母があわてて次の駅で降りて今度は逆方向に向かう電車に乗った。するとアラアラ、経堂駅がまたしても目の前を飛び去って行く。山陰線ののんびりした蒸気機関車にしか乗ったことのなかった戦前の田舎の娘は、東京の小田急線には急行があり経堂駅には当時、急行が止まらないことを知らなかった。母の笑い話のレパートリーのひとつだ。

母はしばらくというもの関東の人の早口になかなかついていけず、買い物に行っても近所の人と話しても何を言っているのか良くわからなかった。京都では物を指してよく

「お」や「さん」をつける。「お芋さん」「お寺さん」「そのお人」といった具合だ。八百屋の店先で母が言う。

「おだいいことおいもさんくださいい」

八百屋のおじさん、

「はぁ……？」

仕方なしに目当てのものを指さすと、

「あぁ、大根と芋のことか」

こんな調子で母は関東の言葉やテンポをひとつひとつ習得し、この地で生きていく術《すべ》を身につけていった。地球の裏側にいてもインターネットやＬＩＮＥで顔を見ながら話せる現代から思えば、違う惑星に嫁いだようなものだ。まさに異文化との遭遇だった。

父の出征中には舅姑《きゆうこ》と食べ盛りの義弟たちの大家族をまかされ、食糧難を畑のいも作りでしのぎ、長く子宝に恵まれず、戦後は病床の夫を支え、未《いま》だ封建制の残る大家族主義の家を長男の嫁として守り暮らした。やがて二男一女をもうけて子育てに追われるころには舅《しゆうと》が倒れ、七年間にわたる在宅介護。舅の葬儀を終えた後には姑《しゆうとめ》の介護がやってくる。「昭和の大家族の長男の嫁」を額縁に入れて飾っておきたくなるような人である。

母の葬儀の折、父の最も古くからの歌仲間であった歌人の荻野須美子さんが弔辞を読んでくださった。荻野さんはご自身が父の最初の結社「鶏苑」に入ったころのことを思い出して話された。未だ子を産まない長男の嫁であった母は、学生だった父の弟たち、つまり私の叔父ふたりと舅姑、それに多くの親戚知人の出入りする大家族の家事にくるくると良く働いた。

そして荻野さんは、「どんな時にも控えめな同じ態度を決して崩さなかった」母の姿を思い出されている。この状況の多くは、日本社会で当時女性がおかれていた立場や世間の通念から来ており、それをそっくり体現する家庭環境から生まれたものである。そしていくぶんかは、母自身が生来持っていた性分によるものでもあった。

バイリンガルと関西舌

父の両親は前述のような京都の日本海側の小さな町の出身であり、そこで生まれた父を連れて、仕事で北は青森から南は四国の宇和島《うわじま》まで渡り歩いた。父は小学校を八回転校するという荒業を受けている。万年転校生であったわけだが、ことばの人である父はどのような影響を受けていたのだろうか。

結論から言うと、各地の方言を覚える間もなかったということではないだろうか。なにしろ、両親が京都の同じ地方の出身で、七人の子どもたちを連れて家族そろって移動していた。それから大分たった後にこの家に嫁に来た母も同じ地方の京都府綾部市出身。それぞれの両親が知り合いだったのが縁だと聞く。つまりこの家庭で醸成されていた空気は、どこに引っ越して行こうが完全に関西圏の文化が支配していた。その証拠に祖父や祖母は、亡くなるまで日常会話を関西弁で話していた。

私が子どものころ、普段は父も母も叔父たちもさすがに標準語で話していたが、その両親である祖父母と話す時はどうだったか。思い返すと、彼らの会話は何の前触れもなく関西弁のことばとイントネーションに変換されていた。私の記憶の中にある会話は次のようなものである。

祖母「ぬくいから布団一枚いらんで」
母　「はい、ぬくいですか」
祖父「ほな、しゃーない。帰りしなに、それをあんじょうくくって持って行ってくれんか」
父　「はい、僕がくくって持っていきましょう」
祖母「今日はなんやえらいわ」
父　「お母さん、どこがえらいですか」

五十年以上も前のおぼろげな記憶から拾い出してもこれくらいの関西弁は家の中で普通に横行していた。祖父母の関西弁に対して大人たちは自然に関西弁でこたえる。つまり、彼らは標準語と関西弁をその場の状況で使い分けるバイリンガルだった。
子どもである兄や私は祖父母と話す時も関西弁でこたえることはないが、意味はほとんど理解していた。つまり私たちにとって関西弁は、スピーキングはイマイチあやしいがヒヤリングはほぼ完璧にできる言語だった。それでも、話そうと思えば関西弁のイントネーションをまねて話すことはできる。

こうした環境が父の歌にどんな影響を及ぼしたか具体的にはわからないが、少なくともことばの人であった父のなかに関西のことばとイントネーションの影響がなかったはずはないと思う。

食に関しても同様、母の作る家庭料理は関西系の献立が多い。祖父母を筆頭に関西舌の親戚縁者の家族だから当然のことだ。野菜は出汁《だし》味の煮浸《にびた》し、味付けは薄味、魚も野菜も煮物が多く、湯豆腐は父の大好物。私の上の兄は小学生のころから「なまこの酢の物」が大好物で、二番目の兄は「おからの炒り煮」が好き、私は「煮浸し」が好きな小学生だった。変な子どもたちである。

昭和三十年代は一般家庭の食卓に洋食文化が進出してきた高度成長期。ハンバーグやロールキャベツにサラダが食卓に並んだ家も増えたはずである。関東平野の真ん中に、関西弁と関西系の食卓がポッカリと浮かんでいる景色は少々けったいだ。私が感じていた友だちの家との違和感は、こんなところにもあった。

百年前の女の子

ここで私個人の記憶から少し離れ、「母という名のひと」について考えてみたい。そもそも、私が自分の母について、ここで少し記録しておこうと思ったきっかけになったものである。

『一〇〇年前の女の子』（講談社　二〇一〇年）という本がある。著者の船曳《ふなびき》由美さんは平凡社や集英社の編集者だった方で現在は八十代。自分の母親であるテイさんから話を聞きとり、明治、大正、昭和の時代を生き抜いた女性の物語としてこの本を書かれた。

テイさんは一九〇九（明治四十二）年に栃木県足利《あしかが》市に生まれ、実母を知らずに父親の後妻のもとで育つ。継母と異母妹たちとの暮らしの中、淋しさや辛さを乗りこえ勉学に励み、十六歳でひとり上京し自立した女性として生き抜いた。良き伴侶《はんりょ》に恵まれ子ども五人を立派に育て上げ、そのひとりが著者の船曳由美さん、ひとりは文化人類学者の船曳建夫さん。

この本の中でテイさんは、厳しい境遇の中から何を感じ何を学びとって生きてきたかを昨日のことのように鮮やかに思い起こされている。加えて、当時の足利や北関東の村行事や風俗、自然、食べ物について、子どもの頃の体験のままに伝えている。それを書き起こした由美さんの筆は豊かな香りをそのまま包み、着物に兵児帯《へこおび》の百年前の女の子が今にも走り出しそうな生き生きとした物語として描いている。読む者はテイさんと一緒に哀しみに暮れ、ときに嬉《うれ》しさに舞い上がる。

しかし、年老いて認知症が多少はいってきたテイさんの口をついて何度も出てくる言葉に、娘の由美さんは大変切ない気持ちになったと書かれている。テイさんは「私にはおっかさんがいなかった」と繰り返しつぶやくのだという。心の底にあった幼少時のつらかったり切なかった記憶を支えとし、テイさんは生きること、母であることに懸命に励み、自分に割り当てられた運命を生き切った。

この本は、最も近く、深くかかわってきた女性でありながら、ひとりの人間としてみる機会が少ない「母という名のひと」について考えさせるものである。

母たちの明治、大正、昭和

「母」を考える機会を与えてくれたもう一冊は、『母たちの青春』（二〇二一年）という小冊子である。フランス文学者の中島公子《こうこ》さんが指導する文学教室の受講者による短編集として編まれた。筆者は七十代から八十代が多く、したがってその母たちの大半は明治から大正の初めに生まれている。彼女たちは大正、昭和に青春期と子育てを経験し、戦争をはさんだ日本の激動の時代をみずからの素手一本で生き抜いてきた女性たちである。

洋画家の家に生まれ、娘時代にはピアノやお琴を習って何不自由なく暮らしていたある母の物語。

戦前の東京の恵まれた家庭の子女として、女学校を卒業すると外科医と見合い結婚をし二人の娘を産んだ。支那事変が勃発したころ、姑に「男の子を産めないのはカタワです」と言われた。男子を産める身体になろうと食事や運動に気を配り、ようやくお国に役立つ男子が生まれて心が安らいだ。大東亜戦争がはじまると、徴兵年齢四十歳直前、三十九歳の夫に召集令状が届いた。どこへ行くのかいつ出発するのかも告げぬまま、夫は出て行った。行き先は家族にも決して漏洩《ろうえい》してはならない軍事機密だった。

ある日夫から家族それぞれに軍事郵便が届いた。長女宛には「算数の問題を出してあげるから、やってごらんなさい」と書いてある。

134×1＝

それは出征前に夫婦で申し合わせておいた暗号だった。経度134度、緯度1度。ニューギニアのマノクワリというところに夫はいるようだった。二度目の郵便にも同じ算数問題が書かれていた。長女は、「私はもっと難しいのも習っているのだから、こんな易しいのはつまらない」と言った。軍事郵便はこれきりだった。

戦況は悪化し、長女は集団疎開に出したが東京の家は全焼した。小さい子ふたりと自分は舅姑の住む岐阜の山中に疎開する。生まれて初めて鍬《くわ》で畑を耕し肥桶《ひおけ》を担いで子どもたちの食料作りに明け暮れた。ようやく戦争がすんで東京に帰ると、疎開させてあった衣類を持ってお百姓さんを訪ね歩き、子どもたちの食べ物と交換してもらった。満州や中国や南方から続々と引揚者が帰ってきたが、夫は生きているのかさえわからなかった。

翌年六月のある晴れた日の朝、玄関から次女の「ぎゃー！」という大声が聞こえた。飛んでいくと、そこには、ボウボウの髭《ひげ》の中に骨と皮だけになった夫がいた。神様は苦労に報いてくださったと思った。

もう一人の母の物語。山形の片田舎で生まれたある母は、成績優秀であったため勧められて山形女子師範学校に進む。ここで数学の魅力に取りつかれた彼女は、誰にも相談せず東京女子高等師範学校理科を受験し合格する。親の承諾なく受験したため、学資以外のすべてを自分で工面しなければならない。親戚縁者や学校の先生に借金をし、女子も受け付けてくれる奨学金を探し出して勉学に励んだ。女高師をトップの成績で卒業すると附属小学校の教師となる。その後、全国で唯一女性を受け入れる帝大だった東北帝国大学理学部を受験し見事に合格。大学を卒業すると香川県女子師範学校に職を得る。初任給は百二十円。同級生の男子は百五十円だった。訳を尋ねると、「女性は自分で洗濯も出来るから」と言われた。

やがて知人の世話でロンドン帰りの銀行員と結婚し子どもを産む。そんな頃に東京女高師附属高女専任講師のチャンスが訪れ、飛び上がるほど喜んだ。夫は妻の勉学に理解を示してくれる人だったが、「子持ちには無理だ」と猛反対され、やむなく諦《あきら》めて非常勤講師に甘んじる。

こうして彼女は生涯数学への愛を失うことなく、非常勤講師として教えながら四人の子どもを育て上げた。子どもたちには常々、「仕事は自分独りの人生で完成できるものではなく未完のまま次の世代に渡すことになるのです。だから子どもや後継者を育てることがとても大切」と言っていた。

この物語は、格差や男女差別の中で女性に閉ざされていた道なき道をたくましく切り拓いてきた女性の物語として読むことができる。しかし、娘が書いたこの物語に愚痴や怨念《おんねん》の匂いがほとんどないのはなぜだろう。母が娘の前で、奨学金や給与の男女差別、就職環境への憤懣を明け暮れぶつけていたらこのように前向きで明るい物語にはならないはずだ。この女性は多くの困難にあっても、あくまでも数学を楽しむ精神の持ち主である。だからこそ読者は、力強くも数学へ情熱をささげ尽くした愛すべき女性像を思い浮かべる。子どもたちには学ぶことの喜びを身をもって示し、後に娘は自立した職業婦人となり、息子たちは研究や学問の道に向かった。そして終生愛してやまない数学を教えながら、八十八歳の天寿を全うした。

それぞれに異なる母たちの人生は、ほとんど「記録」に残ることがない。家族の「記憶」の中にだけ生きている。しかし歴史の大半は、こうした職業も肩書もないひとりひとりの体験が作り上げている。この冊子の中で、ある人は書く。

父は自分の望む人生を全うしたが、母にとってこれがほんとうに望む人生だったのだろうか、と疑問に思うことがあった。しかし終戦後、代議士だった父が公職追放になった日に、母が心から笑って言った言葉が忘れられない。「日本は生きている、家族がみんな揃った。こんな仕合わせなことはないじゃない」

国の土台が崩れようがひっくり返ろうが、地べたの上で日々生きてきたのは名もなき女性であり母である。上に立つ者が「普通」とは何かを見失った時代にも、彼女たちは「普通に」暮らすことへの眼差《まなざ》しと力を失わなかった。こう考えると与えられた時代や環境を精一杯生きてきた彼女たちの人生が、文字で記録された歴史の足元に埋もれている、広大な裏面史を形成していることがわかる。

同じく、「どんな時にも同じ態度を決して崩さなかった」私の母が、家と父の仕事の足元に広がる裏面史を担っていたことはおそらく間違いのない事実である。

Ⅲ　記憶の風景から

バス

小学二年の時の話である。家からバスに乗って、浦和駅の先にある友だちの家に遊びに行った帰りの夕方。浦和駅から家までは「大戸《おおと》経由北浦和駅ゆき」に乗って帰る。友だちのお母さんは「バスに乗るまで送っていかなくてだいじょうぶ?」と心配したが、「何度も乗ったことのあるバスだからだいじょうぶです」と、私は少し大人っぽくすまして答えた。浦和駅から県庁通りを抜けて国道を右に曲がるのが「大戸経由」であることは何度も乗っていて良く知っている。

このバスで良し、と思って駅前の停留所で乗車してから窓の外の景色をよく見て確認していたのは、乗った瞬間から何となく背中にゾワッとした不安を感じていたからだと思う。県庁通りを抜けると間もなくして、窓から見える景色が見慣れたものと違ってきたことに気がついた。明らかにいつも見ていたものとは違う街並みだった。見慣れない景色が次から次へと窓の外を飛び去ってゆく。どこに向かっているんだろう、どこまで連れて行かれるんだろう。心臓がバクバクと鳴りはじめ顔が熱くなってくるのがわかった。不安は的中したのである。私は間違えて違うバスに乗ってしまったのだった。

普段の私はどちらかと言えば早合点のオッチョコチョイといわれるタイプで、かけっこも長距離より短距離の方が得意だった。こんな時にこそ、その強みを発揮して素早く次の停留所で降りれば良いものを、何故かこの時ばかりは「じっくり考えるタイプの子」になってしまい、早く降りなければと思いながら身体がこわばってなかなかきっかけがつかめない。それに、バスはいつまでも止まらないのだ。

どうやら私が乗ったバスは県庁通りから国道を右に折れる「大戸経由北浦和ゆき」ではなく、左上に折れて通称志木街道と呼ばれる道を西に向かって走る「大久保経由北浦和ゆき」だったようだ。「大久保」というところがどこにあるのか、そのころの私はまったく知らなかった。

西日が差してくる方向に向かってバスはどこまでも走り続ける。夕陽がみるみる落ちてゆく。窓の外では暮れなずんでいたオレンジ色の光が徐々にうっすら黒ずんでゆく。不安は胸の中で風船のようにパンパンに膨らんでゆくが、まわりは知らない顔の大人ばかり。自分ひとりで解決しなければならない。

やがて通り沿いの見知らぬ停留所でバスが止まった時、私はできるだけ平気を装って自分の大失敗をまわりの人に気づかれないよう――誰もそんなことに気づくはずもないのに――何食わぬ顔でバスから降りた。そして降りるやいなや、全速力で走り始めた。今降りたそのバスが走ってきた道を正確に逆方向にもどれば、知っている場所に着くはずだ。そこからやり直そう。今度こそ、振り出しから間違えずに正しいバスに乗るために。

背中に黄昏時《たそがれどき》の西日を浴びながら、小学二年生は夕闇に追いかけられるように無我夢中で走る。すれ違う人が不思議そうに振り返るが、そんなことを気にしているどころではない。今思えば大人の足では大した距離でもない道のりが、当時の私にとっては何と遠かったことか。見たことのない道、街並み、迫りくる夕闇の中で息が切れるほど走り続けた。知っている名前の停留所にたどり着いたら、今度こそ間違えずに正しいバスに乗るんだ乗るんだ……。どれほど走ったのだろうか。ようやく見慣れたビルや店、県庁の建物のシルエットが見えてくるまでの不安や恐怖と戦った記憶が、今でもまざまざとよみがえってくる。

家に帰ってすぐさまこの「大事件」の報告をすると、母は案の定、心配顔で「今度から絶対、行き先をよーく見て乗るのよ」とやや厳しめに言い、父は例によって「ヨーコはなかなか勇気があるね、ハハハ」と愉快そうに笑ったのだった。

ところでこの思い出は、子どもが認識する「世界の広さ」や「大きさ」について考えさせるものである。子どもの行動範囲に限定された世界は、後になって調べてみるといかにも狭いものであったりする。小学校のころの机が、当時は充分な大きさだと思っていたのに大人になって見るとまるで小人の国の家具のように感じられるのに似ている。

今思えば、当時「大久保」と呼ばれていた地域は浦和のすぐ近郊の地名でさほど遠いはずもないのだが、そのころの私の行動範囲からすれば、ぶ厚い扉の向こう側の異世界だったのである。

さて、この話と対をなしているのは、「場所」の記憶と時間の物語である。

記憶の入り口

家や庭の特定の場所には秘密の入り口がある。そこから下に降りていく階段は記憶の底につながっているのではないだろうか。

懐かしい匂いや音が聞こえてくる本に出あった。音楽評論家で詩人の小沼純一さんの小説『ふりかえる日、日——めいのレッスン』（青土社　二〇二二年）を読んでいると、不思議な甘い気持ちに満たされてくる。語り手は幼いめいのサイェを話し相手に、生まれたばかりのような瑞々《みずみず》しい言葉を交わしながら庭を散策する。語り手の母の住む、昭和の匂いのする家で過ごすゆっくりと進む時間。ストーリーらしいストーリーは無い。あえて言えば、この物語の主人公はゆったりと流れる時間。

ののはな、ゆりねの、ふじのせい、つくもがみ……ひらがなの音や形、サイェの話すことばがそのまま詩となり、まるで「ひらがな」や「音」の咲く庭を歩いているような気持ちになる。

庭や家のディテールと深いところで結びついている思い出が次々と呼び覚まされていく過程は、「記憶」と「場所」の分かちがたい関係性を思わせる。歩く速度で読み、読み終えると語り手の記憶が幼いサイェを通して、今度は未来へとつながっていく景色が目の前に浮かぶ。この本はそういった「時間」の構造を持っている。

この本で描かれている庭や家は、私の遠い記憶の中の庭や家と見えない糸でそっくりつながっている。たとえばサイェが庭に出て草花を手に取ると、それはまるで私が子どもの頃に過ごした家の庭であり、縁側の踏み石から庭に降りた先のあの池であり花壇であったような錯覚。そんな感覚が次々とわきあがってくる。

極めつきは物置から地下室に降りて行くこんなシーンだ。

物置の床にあった開かずの上げ扉を開けて地下室に降りて行った時の暗闇、湿気やかびくさい匂い、ひんやりした空気、かまどうま。地下室の壁は今は塗りこめられていたが、戦時中は庭の防空壕につながっていたという。

語り手の祖父はひとりで庭に大きな穴を掘った。防空壕である。穴は戦争のあとゴミ捨て場、ごみを燃やす場所になり、そのうち、土をかぶせて、花壇になった。

それらのすべてが、私が幼年時代を過ごした古い家のはなれにあった物置のかびくさい匂いであり、かまどうまであり、庭にあった祖母の花壇の記憶と重なる。その花壇は、まさに戦争中の防空壕の上に作られたと聞かされていたのだ。遠い時間のその先で、これらは同じ通路で結ばれているのではないか。

実は小沼純一さんはある雑誌で拙著『庭のソクラテス』について、「個人的に知っているわけではない人物の、それでいて知っているかのような場、環境、空気、人のしぐさ」が共鳴をさせた、と書いてくださったのだった。

このほかにも、私が若いころに同僚だった小説家の保坂和志さんは、「知らない家だし自分が育った家とは違うはずなのに、住んでいた家のような気がする」と読後感を述べ、ほかにも「子どものころの匂いがする」「玄関の写真をみただけで子どものころの家の中まで思い出しました」と言った感想を、何人もの方からいただいた。つまり、誰しもがきっと過去の記憶への秘密の入り口を持っているということなのだろう。

家や庭の特定の場所には時間の入り口があり、そこからは記憶の底に降りていく階段があるに違いない。家や庭が内包している過去の時間は、実は今も生きている。「記憶」は「場所」と分かちがたく関係しているが、つまるところその入り口の鍵をあけるのは自分自身であり、記憶はすなわち自分自身である。「記憶」は人の戻るべき場所であり、「場所」は記憶への入り口なのである。

佐伯祐三のパリ

秘密の入り口は庭や家だけでなく、いろいろなところにひそんでいる。

二〇二三年に東京ステーションギャラリーで開催されていた特別展「佐伯祐三　自画像としての風景」を観た。百年ほど前にパリで短い生涯を終えた佐伯の展覧会は過去にも何度か開催されてきたが、大型の回顧展としては十五年ぶりだそうだ。

佐伯祐三は、実は古い記憶と結びついている。十代の頃、家には父がいたく気に入っていた展覧会の図録があった。それは一九六八年に東京で開催された佐伯祐三展のものだった。私は自分で展覧会を見に行ったわけでもないのによほど心惹《ひ》かれたのか、パリのうらぶれた街角風景の多いこの図録を繰り返し眺めていた。そのうち未知のはずのパリが、私の中で佐伯のパリそのものになっていたのかもしれない。

後に大人になって初めてパリに行った時には、もちろんルーブル美術館もセーヌ川もエッフェル塔も凱旋門も一通り巡った。その優美なフォルムや歴史の深さや壮大な物語にはそれなりの感動があった。しかし、見ているうちに何だか写真や映像や絵ハガキで見ていたパリを確認しに行ったようにも思えた。

結局のところ私が心惹かれたのは、佐伯祐三が描いた百年前とほとんど変わらない、普通の街の崩れかかった壁やはがれそうな広告や、塗りの落ちた鉄の扉、漆喰《しっくい》壁の小さな靴屋やカフェだった。何でもない街の何でもない店や、地元の人たちが暮らしている姿。そのほうが名所よりよほど面白いと思った。記憶の奥底に眠っていた佐伯の風景が息を吹き返し起きてきて動き出したように思えた。

モンパルナスの墓地に行けば、ボードレールやモーパッサンやサルトルやボーボワールやベケットやスーザン・ソンタグなど名だたる作家や思想家、芸術家の墓がある。世界の知性がいま地下の世界でみんなで何を話しているのだろう、と想像するだけでゾクゾクする。

しかしそのかたわらでは、バケツとひしゃくを持った地元のおじいさんや家族連れが、連れ合いや亡くなった家族の墓参に訪れている。観光客など数えるほどしかいない。お彼岸にお墓参りにいく日本の家族と同じだ。偉い人も無名の人もフランス人もユダヤ人もお金持ちもどんな時代の人も、死んでしまえばみな同じだ。墓下の時間は無尽蔵である。

初めて訪れる土地や街では見たことのない風景や建造物に感動する。海外に行けば、普段あたりまえだと思っていたことと異なる人々の立ち居振る舞いにびっくりする。背が高かったり肌の色が違ったり歩き方がスマートだったり、見た目の姿恰好《かっこう》や顔立ちを珍しく思う。

　しかし多少とも長くいたり何度か訪れたり、暮らしに触れて地元の人と話をする機会があると、ああ人間ってみんな同じなんだ、遠い過去の世界のどこかでつながっていて同じところから出てきたに違いないと思う。以前に訪れたバチカンのサン・ピエトロ大聖堂の薄暗い空間に流れる空気が、高野山奥之院に流れる空気とそっくりであることに気づいた時にもそう思った。

　時間と空間、記憶と世界はこのようにどこかで結ばれているし、そこにつながる秘密の入り口はどこかに必ずある。

ネコのホサカさん

　騒動のはじまりはこんなふうだった。

　そのころの私は、仕事帰りに保育園で娘をピックアップして自転車に乗せ、小学生の息子が待つ家に帰るという生活をしていた。ある日いつものように玄関のドアを開けると、目の前の大きな段ボール箱から「みゅーみゅー」と何やらかすかな音が聞こえる。のぞいてみると、体長十センチ位の嬰児と思われるネコが五匹、折り重なるようにモゾモゾとうごめいている。

「どうしたの？　コレ」

「お習字のかえりにNさんちの門のところにいた。かわいそうだからつれてきたんだよ」

息子は小学二年生。放課後は学童クラブで過ごすが、この日の夕方は近所のお習字教室に行く曜日で、その帰りの出来事のようだった。このあたりの地主であるN家の大きな石の門からマンションのわが家までは、ぐるっとピンカーブを描いて結構な距離がある。息子の小柄な身体の半分位もある段ボール箱を家まで引きずってきたということだろうか。

生きもの好きな息子は小学校に入学したばかりの頃、朝、ランドセルを背負って出て行ったと思ったら間もなく、カラ身で駆けて帰ってきたことがある。

「みてみて、こんな大きいのみつけた」

手には大きなカマキリをつまんでいる。

「えっ、それでランドセルはどうしたの？」

「ジャマだから道においてきた」

というタイプの子だ。言われてみれば確かに、革のランドセルは低学年の小さい身体には大きすぎるし重すぎる。そういう子だから、段ボールの子ネコを見捨てられなかったのだろう。

さて、この小さな赤ちゃんたちをどうすればよいものか。私も夫も物心ついてから猫も犬も飼った経験がない。そもそも、うちのマンションは犬猫の類《たぐい》のペットは禁じられている。とにかく何か口にいれなくてはすぐにでも死んでしまいそうな小さな命。綿棒に牛乳を浸して口元に近づけても全く関心を示さないし水もダメ。お手上げ状態で夜になってふと思いついた。

「そうだ、ホサカさん、ホサカさんに相談してみよう」

早速、私のかつての同僚で稀代《きたい》の愛猫家で知られるホサカさんに電話をかけて事情を話した。ホサカさんはいきなりかかってきたモシモシ電話相談に、救急コールを受けたドクターのようにキビキビと的確な指示を出してくれた。

「まず段ボール箱をつなげて、ある程度動ける広さのネコの家を作ること。中には古いタオルや毛布を敷いて暖かくして安心できる環境を作るといいね。それから、長澤さんちの地図をFAXで送ってくれない？　すぐ行けると思う」

「えっ、来てくれるの?」

ホサカさんの指示通り、FAX――当時は画像送信ツールとして全盛期だった――で地図を送ると、しばらくしてホサカさん夫妻がネコ仲間のひとりの運転で車を飛ばしてやってきた。確かに車を走らせれば直線距離ではさほど遠くないとはいえ、急な夜の電話に車と運転者の手配をして飛んできてくれたのだった。

ネコの赤ちゃんに必要な専門グッズを手に、腕利きの獣医さんのように抱き上げたりあやしたり、あっと言う間に赤ちゃんネコたちを安心させた。すでにお風呂に入ってパジャマに着替えていた子どもたちは、みるみるネコと友達になっていくホサカさんの一挙手一投足を目を丸くして見つめている。ネコの首のつまみ方や抱き方、エサのやり方を教わると、息子は早速なでたりダッコしたり、ネコとねんごろになっていく。妹の方はお兄ちゃんと違って生きものが少々苦手なのでこわごわとさわってみるだけ。

それなのに、この妹はその驚異的な人懐っこさを発揮して不意の来客の前で保育園で習ってきたばかりの歌とおゆうぎを披露する。誰にでも愛嬌をふりまくので、「最も誘拐されやすいタイプ」と言われていたこの娘は、おなじ生きものの人間にはすぐなつくのにどうして人間以外の生きものが苦手なのかは不明である。こうして嵐のような夜がふけていった。

五匹のネコたちにはそれぞれチャトラ、ミケなどと名前が付けられ、一番のいたずらっ子は「コマッタちゃん」と命名された。それからしばらくというもの、ネコたちを段ボールの家から出して遊ばせたりエサをやったりトイレをかえたりは息子の仕事になった。私はスーパーでキャットフードを買って、マンションの管理人さんに見つからないようにビニール袋の真ん中の方に見えないように隠してこっそり持ち帰る。こうしてネコたちとのヒミツの暮らしがはじまった。

それから三か月ほどの間、息子が学童クラブから帰ってくる夕方ごろに、時々ホサカさんがネコの様子を見にやってきているようだった。患者の家を往診に回るお医者さんのようなものだと思う。私が帰宅すると、息子がホサカさんとガブンさんというホサカさんのネコ仲間を家に迎え入れて茶飲み友だちみたいに話していたりする。息子は、遊びや休憩まで時間管理される学童クラブの集団生活が大のにがてで、よく脱走を試みていた。それでしかたなく、実家から父に来てもらって孫シッターをしてもらったこともあった。だから、こうして何者だか良くわからないおとなの男たちと、自由でまったりした時間を過ごすのは性にあっていたに違いない。

昼間は家に人がいないので、内緒で飼っているネコはやむなく段ボールの家に閉じこめておくことになる。子ネコの成長は早い。三か月もすると、段ボールから出してやるとストレス発散とばかりに家中をかけまわる。「コマッタちゃん」などはレースのカーテンに爪をたてて天井近くまでかけあがる。そろそろ限界、と思ったころにホサカさんとガブンさんが養子縁組をととのえてくれて、ネコたちは新しい親元にもらわれていった。

文字から滑り落ちるもの

さて、この不思議な「ネコのお医者さん」は三十年近くたった今でもわが家では「ネコのホサカさん」と呼ばれているが、小説家の保坂和志さんのことである。ホサカさんはかつての私の同僚で、私がその会社を辞めて転職したのと同じころに退職し、ある日野間《のま》文芸新人賞を受賞し、ほどなくして今度は芥川賞を受賞した。つまり、ホサカさんは「芥川賞作家」に転職したのだった。

当時この会社には一種独特の気流が渦巻いていた。時代の風向きや偶然や必然が重なり、ある所に奇妙な磁場を作ることがある。

この会社はいわゆる百貨店なのだが、経営トップの堤清二という人物は詩人の辻井喬《たかし》でもあり、当時の企業としては先陣をきって文化事業に力を注いでいた。美術館や劇場、実験スタジオの「スタジオ２００」や出版社のリブロポートなど、文化事業系の部署には、さまざまな出版社や劇場など文化施設出身の編集者やプロデューサーが集まってきており、その下に文化事業を目指して入社してきた若い社員がチームを形成していた。私が最初に仕事を教えてもらったのも、出版社で文芸誌の編集長をしていたSさんだった。

ホサカさんと私がいたのは表向きはカルチャースクールなのだが、いわゆる文化講座だけではなく、コンサートや対談、数々のイベントのほか、三十数年前の一九九〇年前後に異業種の複数企業を集めて、すでにきたるべき少子化社会やシェア社会の研究会を企画主催していた。要は、文化や社会に関することであれば何を企画しても発信しても良いところだった。ただし、時代の風の流れを敏感にキャッチしていることが条件だった。

上司のＹ部長は、百貨店の販促部門でコピーライターの糸井重里《しげさと》さんたちと宣伝の仕事をしてきた人で、「デスクに座るな、街に出よ」と寺山修司のようなことを言った。曰《いわ》く、「新聞テレビで取り上げられている情報はもう遅い。定まった価値や既成の権威ではなく、自分の身体で道ゆく人や空気から時代をつかめ」「形のないものを形にするのが仕事であって、処理するのは作業。作業をして仕事したと思うな」

青二才の私が苦し紛れに出した企画を即、「やれ」と言われ、文字通り青くなったことも幾度となくある。詩人の吉原幸子《さちこ》さんと白石かずこさんの対談「ソニア・リキエルのファッション哲学」――吉原幸子さんは当時、ファッションデザイナー、ソニアの自伝『裸で生きたい――ソニアのファッション哲学』を翻訳されていた――、絶叫短歌で知られる福島泰樹《やすき》さんと詩人のねじめ正一さんの即興朗読ＬＩＶＥには、よせば良いのに本格的なＰＡ（音響設備）をバックに入れるなどと口を滑らせてしまった。ちなみに、ファッションも音楽LIVEも私は全くの素人、なまじ経験を積んでいたら恐ろしくて口にできない。しかしどんな若輩の発案にも同等に耳を傾け仕事を任せてくれるし、PAについては「スタジオ200」に専門スタッフがいるから助けてもらえ、などと相談する人を教えてくれる。だからどんなに向こうみずでも無防備でも、好奇心さえあれば関心のあるコトやヒトとの仕事は面白く、仕事はどんどん広がっていく。

ホサカさんはこの中で独特の立ち位置を確立していた。自分のスタイルを受け入れてくれる人の懐にはいることが天才的にうまい。自分が愛される場所、ここしかないという居場所を、おそらくネコ的な嗅覚《きゅうかく》で探しあてる人だった。

Y部長はいわゆるサラリーマンの常識とは違う感覚を持つ型破りな人だった。仕事には厳しい半面、出社拒否状態になった経理課長をひとり暮らしのアパートに迎えに行ったり、酔っぱらって警察に保護された部下のもらい下げに行ってやったりする。そして、ホサカスタイルを徹底してつらぬかせた。そのころのホサカさんはサラリーマンなのにジーパン出社、遅刻の常習犯、一週間くらい出社拒否におちいることもあった。それでも周りに「あのホサカだからしかたない」と思わせてしまう不思議な人だった。

一方で、自分の関心事や人には徹底的に肉薄する。生涯のつきあいとなる作家の小島信夫さんや田中小実昌《こみまさ》さん、まだ三十代だった橋本治さん、中沢新一さんや若手思想家たちとの交流もこのころにはじまった。その後の作家活動の土台を形成する哲学や思想、科学の新しい地平をこの時代に作りあげたと思われる。

ホサカさんの小説『季節の記憶』（一九九六年）ではシングルファーザーの「僕」が、五歳の息子が文字を覚えることに対して、強い抵抗を感じるシーンがある。

「文字を持った人間は次々に抽象と抽象を結び合わせて膨大な情報を処理して保存していくわけで、そうして文字によって強化された言語の脳はとても強くなって、他の視覚、聴覚、嗅覚、触覚なんかの生《なま》の感覚を抑圧する、つまり感覚が鈍くなるんじゃないか」

文字を覚える前の時間に生《なま》の感覚で見たり考えたりしたことは、文字やことばになることで滑り落ちてしまう。だから文字を知る以前の豊かな感覚で過ごす時間はなるべく長い方が良い、と父親の「僕」は考えている。

ホサカさんは小説家になる以前のサラリーマン時代に「文字やことばになると滑り落ちてしまうもの」を見たり感じたりしていたのではないか。それは、文字による「ロゴス的認識」で身体感覚が固定されることから逃れるための、孵化《ふか》の時間だったのではないか。やがてある日突然覚醒し、初めて文字を覚えた子どものように「小説家保坂和志」になったのだと想像する。

境界領域

本当に面白い本は、どのコーナーに置いてよいかわからない本です。　福嶋　聡《あきら》

（「折々のことば」二〇二三年二月二十一日朝日新聞朝刊より）

私がホサカさんと同じ会社で働いていたころ、書棚の背表紙をながめるために頻繁にかよった書店があった。当時の職場のすぐ下にあったリブロ池袋本店だった。一九八〇年代ごろ、つまり昭和の終わりから平成のはじめにかけてその書店の棚は一種独特の顔をしていた。この棚は後に、当時の店長の名前を冠して「伝説の今泉棚《いまいずみだな》」と呼ばれ、そのころの人文・社会科学界を席巻したニューアカデミズムの聖地と言われる存在だった。

ここではいわゆる図書館におけるジャンル分けはほとんど無視されていた。「新しい知のパラダイム」という、当時はやりのキーワードのもと、既成のジャンルの壁をつぎつぎと飛び越えていくのである。たとえばある棚では文学と天文学と植物学と歴史学が隣同士に並んでいたりする。その並びをよく見ていると、著者の思想の影響関係や思潮の流れが、ジャンルや時代を超えた海図として見えてくる仕組みになっている。今泉店長は、こ

うして自由に編集されることで見えてくる真理があり、書店は「社会の変革器」であるべきだ、と信じていた。（今泉正光著『「今泉棚」とリブロの時代』論創社　二〇一〇年より）

当時の私がこの海図をどれほど深く読み取れていたかは別として、ここからは古代から現代にいたるまでの時空間を飛びこえた知の営みや影響関係が網目のように浮きあがってくる。棚の示す海図を前にしているだけで私はワクワクして興奮をおさえられなかった。学生時代から比較文学や文化誌に関心があった私が境界領域に惹かれるのは自然な流れだった。国境や文化の境界がないまぜになって共存している街や地域、時代で言えば、歴史が今ここで動いているという転換期が好きである。誰もが試行錯誤して失敗や無謀な挑戦を繰りかえしながら未だ《いま》見えない世界を夢見ている混沌とした時代に惹きつけられる。未知の発想はすぐに分類はできないし、そもそも既存の分類に当てはまらないのである。

この会社はやがて経営的な問題で「金食い虫」の文化事業からつぎつぎと撤退し、文化事業系の社員の多くはさまざまな場所に散っていった。中には作家、学者、演劇プロデューサー、音楽家、僧侶、精神科医など、異分野で自分の仕事を作りあげた人もいる。芥川賞作家に転身したホサカさんもそのひとりだった。すでに二人の子持ちだった私も転職した。この一時代のセゾン文化については、多くの人が本で分析を試みたり、ＴＶドキュメンタリーで取り上げられたりしている。

こうした独特の土壌を作った張本人の堤清二さんから、私は後にこんな言葉を聞いた。

「いろんな人材がいたようですねぇ、こんなに文化人を輩出するような会社じゃ経営が上手《うま》くいくわけありませんね、ハハ」

人はそれを自虐の笑いというかもしれないが、私には透徹した確信犯の笑いに聞こえた。


作家の須賀敦子さんが「大聖堂まで」(『ヴェネツィアの宿』文藝春秋　一九九三年)の中でサン＝テグジュペリの次のような言葉を引用している。

「できあがったカテドラルの中にぬくぬくと自分の席を得ようとする人間ではなく、自分がカテドラルを建てる人間にならなければ意味がない」

現実社会では往々にして既存のカテドラルの中の良い席を手際よくみつける人が評価される傾向がある。しかし、いまあるカテドラルの良い席に座ることより、カテドラルそのものを建てることの方がはるかに難しく、そしてずっと面白い。

動いている庭

ここ数年、すっかり「庭の人」になっている。もともと植物や土は嫌いではないが、ゆっくりお付きあいするひまが今まではなかった。

ある時、友人が「植物が大好きな娘がいたく感銘をうけたらしいのよ」と奨めてくれた本に、大いに共感した。『動いている庭』（ジル・クレマン著　みすず書房　二〇一五年）。フランスの庭師、修景家（ランドスケープアーキテクト）、造園学者の「できるだけ自然に合わせて逆らわない」という庭の哲学である。

フランス庭園といえば、幾何学的に計算された左右対称形を思いだす。太陽王ルイ十四世が富と権力で自然をねじ伏せ、服従させたような、あのヴェルサイユの庭園が典型だと教わったはずだ。木という木が定規でひいたようにきれいに刈り込まれ、寸分もはみでることなく、木々や植物が整列しているあの光景だ。

自然にまかせて花々が咲き乱れヒースが生い茂る、『嵐が丘』や『秘密の花園』のような風景はイギリス庭園、と頭に刷りこまれていた。私は断然イギリス庭園派。自然の景観を借景までふくめて小宇宙とする日本庭園も好きである。そう思っていた私には、この本はちょっとした驚きだった。

植物の生きものとしての生命力にさからわず、彼らをそのコンテクストから切り離さない。植物を決して独立したオブジェとしてあつかったりコントロールしないこと。植物たちは、たとえ自然の鳥や風に運ばれたのではなく、人々の移住や大航海時代の船の移動、植民地支配などで、人為的に地球のどこかから別の大陸へ運ばれた場合であっても、与えられた地で、自分の意志で生きる場所、環境を選び、繁殖し躍動し、動いていくのだという。

この本は庭づくりに関する本でもあるが、むしろ自然と人間の関係論、生命論としての方がおもしろく読める。フランスではクレマンの思想に基づいて作り上げられた公園や庭がいくつもあるという。ぜひ見てみたいものだ。

人間はいったい植物よりも偉いのか。植物を下位に見てはいないだろうか。と、のっけから挑戦的に語りかけるのは、『植物考』（藤原辰史著　生きのびるブックス　二〇二二年）。ここでも「植物が動く」ことについて力説している。農業史、食の思想史、歴史、哲学などを総動員して実証的に解きあかしていく。そして、人間は、自由に動きまわる植物にむしろ振りまわされて歴史を刻んできたことを立証する。

植物は動いている。そう知ると、なるほどと思うことがある。私の庭のアジサイも金糸《きんし》梅《ばい》も、以前に実家の庭の一枝をもらってきてさし木でそだて、今は立派なわが家の住人として居場所をえている。ツワブキと万年青《おもと》も、実家を出た時に母に持たされたものである。

もっとも、万年青は二十年ほど前、マンションの大規模修繕工事の際に踏みつけられて枯れてしまった。万年青はその名や性質から、永遠に青々と茂り繁栄するようにと引っ越し祝などにつかわれる植栽だ。ということは、わが家が一向に繁栄と縁遠いのは、万年青を枯らしてしまったせいかもしれない。

それはともかく、こう考えると、まさに私という人間によって人為的に移植された植物たちが、いまや私の庭をおおいつくし繁殖している。庭は生きている。庭は動いているのである。

ここまで読んでくださった方は、どんな大庭園の話かと思われるかもしれない。残念なことに、マンション一階の私の庭は文字通りネコノヒタイ。おでこの広いネコには負けるかもしれない程度の広さだ。しかし負けおしみではなく、いや少し負けおしみだが、面積の問題ではない。そうはっきり意識したのは、ある時京都の寺社めぐりをしていて、狭くともそこに世界を内包している「中庭の美学」に惹きつけられた時からだった。

庭の主人が心地よく植物たちと付きあい、満足できることが一番。ありふれた草花や樹木でも色や形が気にいっていれば良い。鳥や風が運んできた種からいつのまにか芽が出て、気ままに咲き乱れている景色をながめる時間が楽しい。なぜならば、都会のマンションの小さな庭にもひとつの小宇宙があるのだから。

庭ではトカゲにもヘビにも出くわす。先日などは庭からピチャピチャと耳慣れない音がするのでのぞいてみると、どこから来たのか、すいれん鉢の水を飲んでいるタヌキの子と目が合った。スタジオジブリの「平成狸合戦ぽんぽこ」ならぬ「令和ぽんぽこ」である。さすがに、すいれん鉢に棲《す》むメダカや、沐浴にやってくる小鳥たちのくらしの安寧のためにも、悪いけど退散してもらった。

小さな宇宙――ゴッホ、ミロ、堀文子《ふみこ》

三つの同種のキーワードに出あうと、胸の底にストンと落ちる。ある時それぞれべつの場所で、共通する三つのエピソードに出あった。いずれも画家の話だが、自称園芸家の私には庭の話に思えてちょっと嬉しくなった。

ゴッホが日本の浮世絵に大きな影響を受けていたことはよく知られている。ある時ゴッ

ホは、丹念に描かれた浮世絵の植物の中に大きな世界があることに衝撃をうけ、キャンバスいっぱいに「草むら」だけを描く作品に没頭した。草むら以外の何も描かれていないが、ここに彼は世界を描いていた。

ホアン・ミロは幼少期、生まれ故郷のバルセロナで一大ブームだった日本文化に大きな影響を受けた。のちに独自の抽象表現、省略の美学にたどりつき、小さな物や自然の植物の中に大きな宇宙があることを発見した。ほかの人が拾えばただの石が、ミロが拾うと芸術になる。

日本画家の堀文子さんは、七十歳を越えたころに急に思いついてひとりでイタリアのフィレンツェに移り住み、それから五年間イタリアで制作に没頭した。八十代になってから、今度は青いケシをみたいと思いヒマラヤに登った。生来の行動派である。

晩年になって遠出が難しくなってからは——七十、八十は堀さんにとって晩年ではない——、庭の小さな生き物や植物を熱心に描くようになった。そこに宇宙を見ていたからだという。

生涯を、三十一文字や十七文字の宇宙に遊ぶ精神と、どこかでつながっているのではないか。

チャペックの時間

チェコの作家にして園芸家、カレル・チャペックの名著『園芸家の一年』（飯島周訳平凡社ライブラリー）をときおりパラパラながめながら庭としっぽりお付きあいしていると、こんな美しいくだりに出会う。

「秋には葉が落ちる、というのは一般的な意見だ。それは、実際、否定できない。ただわたしは、もっと深い意味で、秋は、じつは葉が出てくる時期だと言いたい。葉が枯れるのは、冬がやってくるからだ。だが、葉が枯れるのは、また、春がやってくるからでもある。早くも、花火のかんしゃく玉のような新しい小さな芽ができているからで、そんな、かんしゃく玉の中から、春が炸裂する。

秋には木や灌木がはだかになるというのは、目の錯覚である。それらは、春になると衣を脱いでのびてくる。あらゆるものでちりばめられているのだ。秋になると花が姿を消すのは、たんなる目の錯覚である。なぜなら、実際には花が生まれているのだから。」

この味わいがわかるには、やはり時間が必要であった。身近な人の生死を目のあたりにすること。人間は誰しもみな一様に死ぬものであり、また、新しく命は生まれてくる。生命は循環していく。こうした出来事の体験をみずから繰りかえしてはじめて、実感を持って胸に落ちてくる味わいである。

つまり、若いころは単に時間がなかったというわけではなく、いまようやく、私の体験と年齢が、庭とシンクロするようになったということである。

この本にはまた、長い時間軸で植物を考える、こんな意味深なくだりもある。

「わたしたち園芸家は、未来に対して生きている。バラが咲くと、来年はもっとよく咲くだろうと考える。そして、十年後にはこのトウヒの若木が、一人前の成木になるだろう——。その十年が過去のものになってくれさえしたら！　五十年後には、このシラカバの木々がどんなになっているか、早く見たいものだ。

真正の、最善のものは、わたしたちの前方、未来にある。これからの一年、また一年は、成長と美を加えていく。神様のおかげで、ありがたいことに、わたしたちはもう一年、未来に進むのだ！」

ちなみに、チャペックがこのエッセイを書いていたのはナチスの足音がプラハに忍び寄るまさにその時代で、彼はナチス侵攻の前年、一九三八年に病死する。一方、この本にユーモラスな挿し絵を描いている兄のヨゼフは、弟の死の翌年、つまり一九三九年にナチスに逮捕され、一九四五年に強制収容所で亡くなっている。

植物は永劫未来、時間のシンボルだ。

中から目線

生命誌研究者の中村桂子さんの話をきいた。中村さんは、「自然を大切にしよう」「多様な生態系を守ろう」ということばに違和感をもつという。まるで、人間が自然を守ってあげましょう、という「上から目線」を感じるからだそうだ。前述の藤原辰史著『植物考』と一脈通じる。

そもそも人間は、生態系を上から守るどころか生態系の中の一部である。生きものはすべて、四十億年ほど前に同じ起源からはじまった。その中で生き残り、分化してきたうちのひとつが人間である。だから人間は生きものの一部であって、決して人間以外の生きもの上にいるわけではない。意見を言うならば、「上から目線」ではなく、「中から目線」で言うのが礼儀だと中村さんはいう。

また、生きものはすべからく自分の親、その親、そのまた親と連なる、祖先からずっと続いてきた四十億年の歴史を背負っている。人間も、アリも、ドクダミも。そして今いる生きものはみな、多様性を持っていたから生き残ってきた。たとえば地球が凍ってしまった大きな気候変動の時代にも、海の底で生き抜いていた種類がいたがために、いずれかの種が生き残ることができ、今にいたっている。納得のいく話である。

つまり、私の庭の植物たちもみな四十億年の時間を背負って生きている。そして季節がめぐりくるたびに、繰り返し枯れては生まれ、生まれては枯れていく。この循環が四十億年くり返されてきたと思うと、人間の生死と同じなつかしさを覚える。毎朝、庭の草木の生長や枯れて行く姿を見るのが楽しいのは、同じ生きもの同士でエールを送りあっているからなのだと思う。

植物たちが見知らぬ場所に連れていかれても、そこで居場所をみつけて生き延びていくのは、さすが四十億年を生き延びてきたキャリアと知恵によるのである。

「百合の花粉にご注意ください」

実家の庭は、最初に家を建てた祖父が石好きだったせいで石がおおく、華やかというよりはシブい色あいの庭だった。小学生だった私は、緑の芝生に色とりどりの花が咲き乱れている西洋の花園のような庭にあこがれていたので、家の庭には少々不満だった。

ところが大人になって身体が覚えているのは、隣の家の女の子と庭石をベンチにしてすわってママゴト遊びをしたおしりのデコボコの感触であったり、門から続く飛び石を歩く時の石と石との間隔であったり、縁側の踏み石の高さの感覚であったりする。

庭石のあいだにはドウダンツツジや紫蘭《しらん》、スズラン、宵待ち草、ツキヌキニンドウなど、季節の花も咲いていて、池の縁には水生植物の木賊《とくさ》もあった。母は小さなオダマキやネジバナが咲いたと言っては喜んでいた。

隣の家とのあいだの塀のあたりにはミョウガがボウボウと茂っていた。子どもの頃の夏の夕方は、母に「ミョウガを採ってきて」といわれ、やぶ蚊にさされながら、茎のねもとに顔をだしているミョウガを採ってくるのが私の役割だった。

実家をでてから、八百屋さんやスーパーでミョウガを買うようになった時には、一パック三個入り一五〇円などと値段がついているのに驚いた。それ以来長いあいだ、「自分の家でタダで採れる新鮮なミョウガを食べたい」と、ささやかな願いをいだきつづけてきた。ところが何十年もたった最近になって、そのあまりにチッポケな願望にほだされたのか、友人がミョウガの地下茎を分けてくれた。それを菜園用のプランターに植えたところ、春先にキューンとかわいい音をたて（たような気がした）、ミョウガが芽をだし、みるみる葉をしげらせてきた。あの、透き通った赤茶色と白のグラデーションの美しい、ツーンと香る、新鮮でやわらかいミョウガを、早く収穫したい。良く研いだ包丁でシャキシャキ刻んで、カツオ節と生醤油で食べるのが楽しみである。

ところで、父はどこからともなくきれいな色の葉っぱや鳥の羽を拾ってきて、本のあいだにはさんでいる人だった。今でも時々、父の本のあいだからは押し葉がハラリと落ちてくることがある。それで思い出すのが、百合の花粉にご注意を、という話。

いつのことだったか、母がいただきものの豪華なカサブランカを玄関にいけていた。百合の花粉は洋服につくとなかなかとれなくなる。客人の洋服につくといけないと言って、花粉はティッシュでつまんで取りのぞいてあった。父はそれでも心配になったのか、半紙に毛筆で、

「玄関の百合の花粉にご注意ください」と書いて玄関先の石の上におき、文鎮がわりに小

石をのせた。

それは、毎朝仏壇に線香をあげるために香りが染みついていたこの家に似合って、どこか抹香臭い風情の景色であった。

不完全という名の完全

昭和の古い家で育ったせいか、古い建物や古い調度、物品にまったく抵抗がない。それどころか、どちらかと聞かれれば、最新のものよりレトロの方が好みと答えるだろう。

わが家には母が昭和十六年の嫁入りに二枚持ってきたという有田《ありた》焼の大皿がある。私が結婚して家を出る時に一枚、母が亡くなった時にもう一枚をもらってきて、毎年正月のおせち料理はこれで祝うことにしている。戦時中の嫁入りのことだから特に良いものかどうか知らないが、調べてもみない。むしろ正月はこの大皿で過ごすという記憶をつないでいくことの方が大切だと思ってる。

そもそも、今でも私が使っている木製の勉強机は父が戦前の学生時代に使っていたという年季がはいりすぎた感じの代物である。引き出しの取っ手は四本の指を下からさしこむタイプの木製で、これも高級な物とも思えない。古くて傷だらけの上、私が小学生のころにはやっていたアトムシールを貼った跡まで残っている。ということは、私は小学生のころからこの古びた机を使ってきたということである。家を出る際に、近所の塗装屋さんにたのんでニスを塗り直してもらって持参した。ほかにも、ちょうど私が家を出たころ、建て直すので処分するという古い家具をいくつかもらってきた。観音開きのガラスの扉のついた濃い小豆色の書棚。これは父が執筆をしていた座卓の背中に置いてあったもの。引き出し型のレコード棚。これは音楽好きだった叔父が戦前に特注で作ってもらったものと思われる。昔はどこの街にも近所に建具屋さんがいて、たのめば何でも工夫して作ってくれた。厚さ五センチほどの横広の引き出しが縦に五段重ねに並び、取っ手は黒いボタン。引き出しにレコードを平置きで収納するようにできている。今もわが家で書類棚として活躍し、部屋の片隅で観葉植物の置台にもなっている。

数年前に時間が出来たので、念願だった金継ぎ教室に三年ほど通った。「金継ぎ」とは、陶器などの割れや欠けやひびを漆でつないで修復する日本の伝統的な技法だが、修復というより新たな芸術作品の創造ともいわれる。傷跡を無かったようにもとの姿に「直す」のではなく、傷そのものを景色ととらえ、傷もふくめてモノの「新しい歴史」とみる考え方である。最近では日本の美学として海外からも注目され、二〇二一年の東京パラリンピック閉会式で、国際パラリンピック委員会会長が日本の金継ぎの技術に触れ、「誰もが持つ不完全さを隠さず大事にしよう」とスピーチしたことで一般にも良く知られるようになった。

私の場合はまったくの金継ぎ初心者で、家にある割れ、欠けの器を講師の先生の手ほどきを受けながら手直しするだけだから芸術の高みにはほど遠いが、じっと座って器に向き合う沈黙と静寂の時間は、えもいわれぬ贅沢《ぜいたく》だった。

では、なぜ金継ぎなのか。一番の魅力といえば、パラリンピックを例にとるまでもなくやはり「不完全」という名の完全だ。アメリカでは金継ぎセラピーという言葉も流行しており、自分の欠点を受け入れ、幸せをみつけようというコンセプトが多くの人の心を打つのだという。金継ぎは「禅／ZEN」と並んでセラピーの一種だと考える人も多いそうだ。いかにもアメリカらしい受け入れ方だ。

器や道具、建物は誰かに使われ、長く愛された記憶を持っている。人間の歴史の産物である。直したいものとは、使った人や使われた時間、その記憶の断片だ。金継ぎの場合は、切り取った断片をいかに継いで新しい景色を生みだすかがひとつの思想であり魅力である。考えてみれば、短歌における本歌取りに近い考え方ではないかと思う。

アヴァンギャルドな老人たち

『独特老人』後藤繁雄編・著（ちくま文庫　二〇一五年）という本がある。編集者である編著者が、日本を代表する二十八人の思想家、作家、芸術家にインタビューをした記録である。

鶴見俊輔、堀田善衛《よしえ》、久野収《くのおさむ》、中村真一郎、森敦、埴谷雄高《はにやゆたか》、吉本隆明、水木しげる、淀川長治《ながはる》、大野一雄など、いずれ劣らぬ独特の個性を放つ老人たちだ。

たとえば、作家の森敦。一九一二年（明治四十五年）長崎生まれ。六十二歳で芥川賞（受賞作『月山』）を受賞し当時最年長の受賞者として知られたが、そんな賞など彼の奔放な人生史の中では大したトピックでもない。二十二歳の時、横光利一の推挙により新聞に小説を連載したが、それ以降四十年間作品を発表することなく全国を放浪する。奈良、樺太《からふと》、カムチャッカ、山形の庄内平野、尾鷲《おわせ》のダムなどを転々とし、芥川賞受賞のころは飯田橋の印刷屋で働いていた。十年働き、十年遊んで暮らすというのが森夫妻の暮らしぶり。妻からは働いていると疲れるから働かないでくれと言われた。自由に暮らすことの凄《すご》み。そんな暮らしぶりや生き方について、作家はさして珍しくもない当たり前の話のように、面白くなさそうに淡々と語る。

この本の編著者でインタビュアーの後藤はこう言う。

「老人とは前線であり、前衛である。もっとも鋭く時代を破ろうとしてきたフロンティアたちである。（略）人が正しく生きるとは、年齢を重ねるにしたがって、解放されていくことだと思う。

（中略）

この『独特老人』に登場した人は「一流」とかではなく「破格」である。アカデミックではなく、アヴァンギャルド。権威やグルになるのではなく、自由で風狂である。（略）彼らは社会の「中」にいながら同時に、「外」にいることができる人間たちだからだ。しかし、だからこそ彼らはみな日々、丁寧に誠実に暮らし、しかし、手に入れたものを素早く手ばなしながら、自由であろうとする。」

父は歌人の斎藤茂吉、数学者の岡潔、野球の長嶋茂雄の話をするのが好きだった。天賦の才能を持ちながら、子どもっぽいところ、人間らしいところが良いのだと言った。完全無欠に整ってしまったものはつまらない。ちょっと壊れている景色が面白いのだと。

先ほどの金継ぎの話に引きよせれば、私は「不完全」であることのもうひとつの魅力は「おかしみ」ではないかと思っている。ちょっと壊れてる、ちょっとズレてる、そこから笑いがかもし出され、得も言われぬ「おかしみ」が生まれる。笑いは高度な芸術的価値である。

さて、有名な斎藤茂吉のうなぎの話。うなぎが大好物の茂吉は、あるとき同席した隣の人のうなぎが自分のうなぎより大きいことに気づいて交換してほしいと申し出た。交換したうなぎを見た茂吉は、やっぱりもとの自分のうなぎが大きく見えて、結局また返してもらった。常識から考えれば、こういう人は奇矯な変人として失笑を買うか陰口をたたかれてもおかしくない。

稀代《きたい》の変わり者とされた数学者の岡潔は、生家のある和歌山県紀見《きみ》村の峠で一日中全く変わらぬ姿勢でお日さまを見上げながら思索にふけっていた。地べたに座り込んだりあたりをうろつく奇怪な学者の姿を子どもたちは子どもらしいあけすけな言い方で「きちがい博士」（原文ママ）と呼んでいた。（『岡潔——数学の詩人』高瀬正仁著　岩波新書　二〇〇八年）

長嶋は少年野球教室で子どもたちを指導しながらこう言った。

「球がこうスッと来るだろ、そこをグゥーっと構えて腰をガッとする、あとはバアっといってガーンと打つんだよ」

球界のレジェンドだが、誰もが思わず噴いてしまうエピソードにこれほど事かかない人物もめずらしい。

こうして並べると三人は後藤の言う「独特老人」の系譜、すなわちアヴァンギャルドであり、風狂である。

セーターをほどく

幼稚園のころだろうか、近所に稲村さんという編み物屋さんがあった。編み物上手な主婦が自宅の編み機でできる仕事として、近所の子どものセーターやカーディガンを編んでくれる。母が毛糸の玉を持っていくと、糸の量と色を見てデザインの相談に乗り、編み上げてくれる。

しばらく着たセーターが小さくなると、今度はそれをほどいて毛糸の玉にもどす。セーターからほどけていく毛糸の〝かせくり〟は子どもの役割だ。両腕を突き出して〝かせくり器〟をつくり、腕で楕円を描くように回すと、二本の腕の回りに毛糸が巻かれていくのが面白い。〝かせ〟になった毛糸の束はお湯を通して縮れや汚れを落とし、今度は〝かせ〟から丸い毛糸玉を作るのである。

こうして出来上がった毛糸玉をほかの毛糸と一緒に稲村さんに持っていくと、新しいデザインでサイズの大きいセーターに編み直してもらえる。グレーと赤の私のカーディガンが紺色の毛糸と組み合わせて兄のセーターに変身したこともあった。

いまのように既製服が安価に手にはいる以前には、子どもの洋服を家で作る家庭も多かった。セーターも親が自宅で編んだり編み物屋さんで編んでもらったりした。ある年代以上の人はたいてい子どものころ、毛糸の〝かせくり〟の手伝いをした記憶があるのではないだろうか。

評論家の鶴見俊輔さんは戦前アメリカに留学していたころのある日、ニューヨークでヘレン・ケラーに会う機会があった。鶴見さんが大学生だと知ると、彼女はこういった。

「私は大学でたくさんのことを学んだのですが、そのあと、たくさんアンラーン（unlearn）をしなければならなかった。」

この時、英語で unlearn という単語を鶴見さんは聞いたことが無かったが、意味はわかった。鶴見さんは型どおり編んであるセーターをほどいて元の毛糸に戻し、自分の身体に合わせて編み直すという、あの懐かしい情景を思い浮かべていた。そこで、その日本語の訳語として「まなびほぐし」という言葉をあてることにした。

大学で学ぶ知識はむろん必要だが、覚えただけでは役に立たない。それを「まなびほぐし」て自分の身体に合わせて編み直してはじめて、血となり肉となる。

（鶴見俊輔「対談の後考えた――臨床で末期医療を見つめ直す」二〇〇六年十二月二十七日朝日新聞朝刊より）

「ほどいて編み直す」行為はまた文学にも通じる。本歌取りはもちろん、そもそも複数のことばを組みあわせて作られた文章をほどいて、新しい組みあわせを作り直す作業が文学における創作とも言える。

Ⅳ　終章

記憶の真相

「大人になってからのあなたを支えるのは、子ども時代のあなたです。」

児童文学作家の石井桃子さんの、示唆に富んだ美しいことばである。

拙稿は、「大人になった私を支えてくれた」子ども時代の記憶を掘りおこしながら、時には脇道に迷いこみ、時には妄想の羽を広げすぎて自分でも見知らぬ土地に飛んで行きながら書き進めてきた。過去への入り口については「記憶の入り口」（第Ⅲ章）で書いたが、その延長線上に考えたことがあり、書き留めておきたいと思う。

私が書いた記憶の物語は、事実をねじ曲げたりウソを書いているわけではないが、私自身がそう思い受け止めたように書いたものである。だから、そもそもおよそ表現されたものはフィクションであるという意味においては、ある種のフィクションである。例えば私小説をそっくりありのままの事実として鵜呑《うの》みにするほど、現代の読者は純朴ではないというのが前提だ。

歴史上の事件も勝者や為政者側の文字に残された資料から類推されたもので、文字や形に残されていない真実は闇の中にある。例えば戦争や戦乱で戦いに負けた側の資料や遺跡は抹殺される。秀吉の築いた大坂城は、大坂夏の陣で負けた途端に、勝者である家康によって完膚なきまでに打ち壊され埋め立てられた。さらに、文字を持たなかった庶民の生の声はほとんど残ることがない。真実は立体の形をしていて、正面から見えるのはほんの一部分で、その裏側には見えない世界が隠れている。

記憶についてこんなふうに鮮明に意識したのは、『伊藤ふきげん製作所』(毎日新聞社二〇〇〇年)を読んだからだった。著者で詩人の伊藤比呂美さんは、思春期に突入した娘たちの「ムカツキ」、「ふきげん」、はては「摂食障害」の修羅場で、激しい闘いと葛藤にあけくれた日々を赤裸々に、しかしユーモアたっぷりに描いている。遠い昔の自分を振りかえっても親としても、確かにそうだ、そうだったとうなずき、時には噴きだし、大変面白く読んだ。

しかし、この本の仕掛けの素晴らしいところはそこではない。思春期の痛い思い出も穴にはいりたいくらい恥ずかしいことも、あからさまに暴かれてしまったかのように見える長女のカノコちゃんがあとがきを引き受け、こう書いているところが肝なのだ。彼女はきわめて冷静に、知的に客観的に、「母が書いたことは本当のことではなく母の記憶の中で本当だと思っていること」で、「記憶とはそういうものだ」、と言い切っている。それを受けて立った母親の比呂美さんの方も、「全くその通りで、私は自分に都合の悪いことは書いていない」と、これまた見事に冷めた目で応《こた》えている。

ことほどさように、記憶とは都合のよい思いこみであり、そうあれと思っている、またはそう見せようと思っている筆者の妄想である。暗い過去を明るく書くことも、何不自由ない明るい事実を痛々しい記憶として書くことだってできる。真実は、本人がそのように記憶し、書いているという事実のみである。記憶の真相とはそのようなものである。

そんなわけで、私の話は私のフィルターを通した「記憶」の物語である。

詩人の長田《おさだ》弘さんが言うように、「じぶんの記憶をよく耕す」こと、その「記憶の庭に育ってゆくものが人生」なのだから。

「死者は元気に死んでいる」ふたたび

三年程前、学生時代から長い付きあいだった先輩の杉山由美子さんが脳出血で亡くなった。六十代の若さだった。ライターだった彼女は並外れた読書家で、私はさまざまなことを教えてもらい、一緒に映画や食事に行ったり温泉に行ったりした。温泉好きの彼女は与謝野晶子の歌と温泉についての本も書いていた。お湯につかりながら、あるいは布団の中で、私たちは本や仕事の話、友人や家族のこと、子どものころの話など尽きることなくしゃべり続け、旅から帰ってくると声が嗄《か》れていたほどよく話した。

病院にお見舞いにいった私が励ますつもりで、「まだやりたいことも見たいこともあるでしょ」と声をかけたのに対して、彼女ははっきり聞こえるようにこう言った。

「もう無い。やりたいことはやったし、行きたいところにも行ったから、もう無いのよ」

こんな返事を聞くとは思ってもみなかった私は少なからず狼狽《ろうばい》し、返す言葉が見つからなかった。しかし後になって、これは彼女が選んだひとつの「逝き方の思想」だったのだと理解することができた。彼女はひとつひとつ自分で納得しながら生きたいと思っていた人だった。こういう人に「六十代はまだ若すぎる」などという言葉は陳腐で似合わない。

長さではなく濃さにおいて、「逝き方」もまた納得していたということである。

彼女は五十代の終わりに弟を突然死という形で亡くした。もともと仲が良かったらしく話のはしばしから姉弟の親愛が伝わってきた。この喪失感について、「一緒に過ごしてきた子どものころの時間をわかり合える人がもういないということなのよ。自分の過ごしてきたある時期の時間が消えて無くなってしまったような気がする」と表現した。

その後しばらくして私は長兄を病気で亡くした。その時、この言葉をそっくりその通りに実感することになった。子どものころの食卓や、家に流れていた空気、窓から差し込む光、庭の木漏れ日のそよぎ。言葉や形にならないが身体が具体的に覚えていて共有していた時間が自分の中から消えてなくなったような気がしたのである。

親が先に逝くのは自然の順番なのでそうした衝撃は無いが、それでもやはり物心ついてから共有してきた時間が消えていくことに変わりない。自分の見ている世界は身近で親しい友人や家族という、同時代をともに生き共有してきた時間によって出来あがっている。その一角が失われることで、今まであった世界の形がこわれていく感覚である。

一方で異なる感慨もある。

第Ⅰ章の「奇遇」で書いたように、ドイツ文学者で俳人の檜山哲彦さんは、「死者は元気に死んでいる」という言い方をされた。死者は生者の心の中で生きている限り記憶という仕事をし続けている、と言うのだった。私の中にある小さな芥子粒《けしつぶ》のような記憶を掘り起こしこうして記録することには無類の楽しさがあった。それは記憶の編み物を一度ほどいてもう一度編み直していく作業である。編み目のひとつひとつには遠くからや大所高所から見おろしたのでは決して見えない個性豊かな表情があり、そのディテールにこそ真実があると思われるからだ。

短歌を詠んでいるという学生時代の友人が父の歌を読んで、「初期から晩年まで一貫して革新的であり続けた歌人」と言った。父は戦前から歌を詠み始め、戦争をはさんで平成に至る八十年にわたり、歌の世界の伝統の上に革新を求め続けた。その後多くの歌人による変革が何度も繰り返され、今も新しい世代が未知への挑戦をし続けている。けれど父が変革の気概を持って生き、何らかの形を残した後に現在があるとすれば、やはり死者が今も元気に活動しているということだ。

そう考えると、確かに「父は元気に死んでいる」という実感が湧いてくる。

あとがき

この本をまとめる準備をしていた春先のある夜、本書の冒頭に登場する俳人の檜山哲彦さんの奥さまからお電話をいただきました。昨年暮に檜山さんが病気で亡くなられたというお知らせでした。「熾《おき》」連載中から、檜山さんには事実関係をお電話で確認したり、パリのロダン美術館についてのアドバイスもいただきました。本になったらまた話に花が咲くだろうと想像していた矢先でした。残念でなりません。

生前、檜山さんは奥さまに拙著『庭のソクラテス』に端を発し、人がつながっていくことの不思議についてよく話されていたそうです。ほどなくして檜山哲彦最終句集『光響』（朔出版　二〇二四年三月）が届きました。中にこんな句がありました。

釣瓶落しの岩に顔ありソクラテス

奥さまからは、これは正しくあのソクラテスの句です、とありました。ご挨拶状には、心に留まる一句があれば同封の返信はがきでお知らせくださいとあり、私は次の二句を選んでお送りしました。

枝豆を煎るや丹波の青香る

七月や空つつぬけに鉄の肋　広島

私の両親は丹波の生まれでした。そして、檜山さんは広島生まれでした。

前著『庭のソクラテス』を読んで初めて私の出自を知った少なからぬ友人、知人からは、「あなたがこういう人になったわけが初めてわかった」とよく言われました。そう言われるほどには私の中に何がしかの環境の痕跡があり、人はきっと意識の届かない身体の奥底に環境や体験の記憶を蓄えているということなのでしょう。

思いがけない「奇遇」（第Ⅰ章）から始まったこの物語は、結果として奇遇の主であった檜山哲彦さんの追悼で終わることになってしまいました。書いているうちに、いつのまにか死の話が多い本になりました。しかし、子どものころから家で祖父や祖母と生活し、人がゆっくり死に向かって生きているのを目の当たりにしてきた私には、人が死ぬことに暗いイメージはありません。むしろ記憶の中で、死んでますます明るく元気に活動している死者の姿が目に浮かびます。

「熾」への連載を勧めてくださった代表の沖ななもさん、大畑悳子《とくこ》さん、さまざまな相談に乗ってくださった「熾」編集長の斉藤光悦《こうえつ》さん、刊行にあたっては角川「短歌」編集長の北田智広さん、ご担当の吉田光宏さんに大変お世話になりました。心より御礼を申し上げます。また、第Ⅲ章の「ネコのホサカさん」以降に何度か登場する小説家の保坂和志さんからは、帯に過分な推薦文をいただきました。本当にありがとうございました。

最後に今は亡き、しかし私の記憶の中で元気に活動している父をはじめとする多くの死者たちに感謝をささげたいと思います。

二〇二四年　初夏

長澤洋子

著者略歴

長澤洋子（ながさわ ようこ）

早稲田大学第一文学部卒業。同大学大学院文学研究科修士課程修了。西武セゾングループの文化事業部、カルチャーセンターで主に文化事業企画、教養系講座やビジネスセミナー企画に携わった後、朝日新聞社系カルチャーセンターで学者、作家、文化人による人文社会系講座、講演会、文化イベントなどを中心に一貫して文化企画、コーディネート、プロデュースに携わる。著書に『庭のソクラテス――記憶の中の父　加藤克巳』（短歌研究社　2018年）がある。

記《き》憶《おく》のとびら

『庭《にわ》のソクラテス』その後《ご》　父《ちち》 加《か》藤《とう》克《かつ》巳《み》の 周《しゅう》辺《へん》

初版発行　2024年12月13日

著　者　長澤洋子
発行者　石川一郎
発　行　公益財団法人 角川文化振興財団
〒359-0023 埼玉県所沢市東所沢和田3-31-3
ところざわサクラタウン 角川武蔵野ミュージアム
電話 050-1742-0634
https://www.kadokawa-zaidan.or.jp/
発　売　株式会社 KADOKAWA
〒102-8177 東京都千代田区富士見2-13-3
電話 0570-002-301（ナビダイヤル）
https://www.kadokawa.co.jp/
印刷製本　中央精版印刷株式会社

©Yoko Nagasawa 2024 Printed in Japan ISBN978-4-04-884619-6 C0095